ポジティブ令嬢
フローラの
契約結婚
Positive Reijo
Flora no
Keiyaku Kekkon
2
星名こころ
ill. 鈴ノ助

なんだか、夢の中にいるみたい。
彼の手が温かくて、瞳がきれいで、とても幸せで。
アルフレッド・グランヴィル
ガーランド辺境伯

フローラ・
グランヴィル
ガーランド辺境伯夫人
シルドラン伯爵の長女

「きれい……なんてきれいなんでしょう」

「ああ。俺もこの光景が好きだ。
フローラと見られたから、
より一層好きになった」

Contents

✦第一章✦ 迫り来る脅威 002

✦第二章✦ フローラの居場所 054

✦閑　話✦ 或る家令の決意 072

✦第三章✦ 恋の行方 077

✦第四章✦ シルドラン伯爵家 132

✦終　章✦ 夫婦、そして家族 199

✦番外編①✦ 恋心［カイン・ラドフォード］ 253

✦番外編②✦ いつかまた［ライラ・アストリー］ 271

✦番外編③✦ 光と影［グレイグ・アストリー］ 285

✦番外編④✦ 幼き日の思い出 307

あとがき 317

Positive Reijo Flora no
Keiyaku Kekkon

ポジティブ令嬢フローラの契約結婚

Positive Reijo Flora no Keiyaku Kekkon

2

✦第一章✦　迫り来る脅威

幸せのひととき、午後のティータイム。

今日のお菓子は、クッキー生地にキャラメルでコーティングされたスライスアーモンドがのった四角い焼き菓子。

サクサクとした生地と甘く香ばしいキャラメル風味のアーモンドがとても美味しくて、いくらでも食べられる気がする。

自室のソファにゆったりと座って、侍女のラナが淹《い》れてくれる美味しい紅茶とともにお菓子を味わう。なんて贅沢なのかしら。

ガーランド辺境伯の居城であるこの城は、本当に私にとって天国だわ。

「今日もお菓子とラナが淹れてくれる紅茶がとても美味しいわ。いつもありがとう、ラナ」

ソファの傍《かたわ》らに立つラナに声をかけると、彼女は優しく微笑んだ。

「奥様に喜んでいただけて何よりです」

そう言って、ラナはもう一杯紅茶を淹れてくれた。

「ありがとう。そういえば、ここに来てもうすぐ二か月だけど、ずいぶんと体重が増えた気がするわ。ずっとこんな幸せな生活をしていたら、健康的を通り越して太ってしまいそう」

　ふふ、と彼女が笑う。

「まだまだ華奢《きゃしゃ》でいらっしゃるのですから、そのような心配をされなくて大丈夫ですよ。ご主人様も今の奥様のご様子に安心されていることと思います」

「安心？」

　ラナを見上げると、彼女は小さくうなずいた。

「初めて奥様とお会いになったあと、ご主人様が私たちに仰ったのです。痩《や》せているのが心配だから、美味しくて栄養のあるものをできるだけ食べさせろと」

「そうだったの……」

　お父様からガーランド辺境伯アルフレッド・グランヴィル様に嫁げと急に言われ、一年限定の妻としてここに来たあの日。

　愛することはないと言われたし、あの方は私にまったく興味がないのだと思っていた。けれど、期間限定の仮初の妻に過ぎない私を、初対面から気にかけてくださっていたのね。

　アルフレッド様は、やっぱり最初から優しい方だった。

　うれしくて、なんだか幸せな気持ちになって、笑みが浮かぶ。

「奥様。たしかに女性嫌いのご主人様が初対面の女性を気にかけるのは珍しいですが、それくらいの配慮など当然のことですよ。むしろ足りないくらいです」

　渋い顔のラナにそんなことを言われて、思わず笑ってしまう。

「じゅうぶんに良くしていただいているわ。それにアルフレッド様だけじゃなく、ラナもシリルもずっと私に優しくしてくれて、本当に幸せなの」

「奥様……」

　食べ物が美味しいことも快適に暮らせることもとてもありがたいけれど、何よりも幸せに感じるのは、こうして私のことを気にかけて優しくしてくれる人がいるということ。

　ロンおじいさまとマリアンがいてくれたから、私は小屋に追いやられても不幸だと思わなかった。

　それが今やこんなにたくさんの人が私に優しくしてくれるのだから。

「奥様が素晴らしい方だから、皆が奥様のために何かしたいと思うのです。奥様がいらしてから、この城は本当に明るくなったのですよ」

「ふふ、ありがとう」

「奥様はここでの生活を幸せと仰ってくださいますが、私は奥様にお仕えできて幸せです。私にできることならなんでもいたします」

「ありがとう。じゃあ一つお願いしてもいいかしら」

「はい、なんなりと」

「あと少しで野苺《のいちご》の季節だから、一緒に採りに行ってくれる？」

　彼女はほんの一瞬きょとんとして、明るい笑顔を見せた。

「はい、もちろんです」

　落ち着いた大人の女性という印象のあるラナだけど、笑うと少しあどけなく見える。

この笑顔が本当に好きだわ。

「シリルも誘って、お忙しくなければアルフレッド様とも一緒に行きたいわ。野苺をたくさん採って、景色のいい場所で敷物を広げてみんなで昼食をとったら楽しいでしょうね」

「いいですね、すごく楽しそうです。デザートは採れたての野苺にしましょうか」

「いいわね！　今から楽しみだわ」

もうすぐ初夏。寒くなく暑すぎもしない、過ごしやすい季節になる。

この季節は食べ物も手に入りやすいから好きなのよね。

野苺狩りとピクニック、本当に楽しみだわ。

料理長のトマスに教えてもらって、私がジャムを作ってみようかしら？　ジャムならさほど難しくないはず。

アルフレッド様と一緒に朝食の焼きたてクロワッサンにつけて食べてみたいわ。

なんだか、わくわくしてきた。

◆　◆　◆

礼拝堂の硬い長椅子に横たわり、高い天井を眺める。

窓からは柔らかな朝の日差しが降り注いでいて、日の出が早くなってきたな、とぼんやりと思った。

寝転がったまま首を動かし、祭壇のほうを見る。

二か月前、あそこでフローラと結婚の誓いをした。

結婚式を思い出すと同時に湧き上がってくるのは、当然なつかしさではなく罪悪感。

いくら女性が苦手であの状況が苦しかったとはいえ、裾の長いドレスを身にまとった女性を気遣わずスタスタ歩くなんて、俺はなんてひどい男だったのだろう。

結婚式は特に女性にとっては重要な行事だろうに、何から何までおざなりに済ませてしまった。

誓いの口づけはあの時点では無理でも、もっと彼女に優しく丁寧に接することはできたはずだ。

あの日を思い出すほどに、自分の最低さに胃が痛くなってくる。

そんな俺を……彼女は受け入れてくれるのだろうか。

嫌われてはいないと思うし感謝されているようだが、だからといって彼女も俺を好きということにはならない。

俺はひどい男だったし、今でも女性の気持ちがわからない男だ。

だが何もしなければ、あと十か月ほどでフローラとの生活は終わってしまう。

今彼女が俺のことを好きじゃなくても、好きになってもらえるよう最後まで努力を続けなければ。

まずは町で一番の宝飾店に行こう。

宝飾品を買うなら商人を城に来させるのが普通だが、それだとフローラにばれてしまうかもしれない。

彼女には内緒で腕のいい職人に彼女に似合う品を作らせ、誕生日にそれを渡しつつ契約ではなく本当の妻になってほしいと伝える。

あんな適当に渡した指輪じゃなく新しいのを作らせてもいいかとも思ったが、結婚指輪が二つというのは不吉なのでやめておこう。

夜会にもつけていけるよう、ネックレスとイヤリングにするか。

店主に相談しつつフローラに似合うものを厳選しなければ。

彼女にはどんな宝石が似合うだろう。きらびやかなダイヤモンド？　清楚な真珠？　あの美しい瞳に合わせた紫水晶《アメジスト》もいいな。

フローラならなんでも似合いそうだ。

普段のあまり飾らない姿や狩りのときの凛々しい姿も美しいが、豪華かつ品の良いドレスや宝飾品で身を飾れば、その美しさはきっと目がくらむほど……。

とそこで自分の思考が恥ずかしくなり、目を閉じた。

女性を好きになるとはこういうことなのかと、あらためて思い知る。彼女が傍《そば》にいないときでも、頭の中がすぐに彼女でいっぱいになってしまう。

俺が女性を愛せる日が来るとは。自分でも不思議だ。

長年俺を苦しめてきた女性恐怖症も、フローラ限定かもしれないがだいぶ良くなってきている気がする。

先日砦《とりで》に行ったときは、抱きしめたいとすら思ったのだから。

彼女を抱きしめたら、俺はどんな風に感じるのだろう。

やはり恐怖を感じてしまうのか、それとも……。

そして彼女はどんな反応を示すのだろうか。

いや、そもそも告白すらしていないのにそんなことをするなんて許されない。

それじゃあただの変質者だ。手順を踏まなければ。

まずは告白だ。それで受け入れてもらえれば、晴れて本当の夫婦になれる。

……なんだか彼女の顔が見たくなってきたな。

朝食の時間が楽しみだ。彼女は今日も美味そうに食べるのだろう。

そう考えると、自然と口元に笑みが浮かんだ。

扉が開く音が聞こえて、つむっていた目を開け、体を起こしてそちらを見る。

こちらに歩いてくるのは初めて惚れた美しい女性……ではなく見慣れた老人だった。

「なんだオウルか」

「なんだとはなんです。早朝から礼拝堂の長椅子に寝転がっている人にそんなことを言われたくありませんな。私はここの牧師ですぞ」

「牧師は趣味みたいなもので本職は家令だろう。腰はもういいのか」

長椅子に投げ出していた足を下ろす。

「まだ本調子ではありませんが、いい休暇になりましたよ」

うほほとオウルが笑いながら俺の隣に腰掛けた。

相変わらず変な笑い方だ。

「腰を痛めたばかりだったのに無理して結婚式に出たりするから、よけいに長引いたんじゃないのか」

「じぃじじぃじと慕ってくれた可愛いアルフレッド様の結婚式ですからな。他の者に任せるわけにはいきませんよ。しかしそうして無理して出た式があの有様とは……」

オウルがじっと俺を見る。

わかっている、わかっているからそんな目で見るな。

「フローラに対する扱いについて言いたいことがあるのはわかっている。俺は紳士としてあるまじき対応をしたし、今ではそんな自分を恥じている」

「本当ですかな」

「ああ。いくら背景にあの事情があったとしても、俺は男として最低だった。だから心から反省し、フローラに対して丁寧に接している。彼女は素晴らしい人だし、今となっては尊敬している」

「ほうほう。女性に対して尊敬とは、いい傾向ですな。で……尊敬だけですかな？」

またオウルが俺をじっと見る。

つい先ほど考えていたことを見透かされているようで、気まずくなって目をそらした。

「ふむ。この顔は」

「なんだ」

「スケベなことを考えている顔ですな」

「違う！」

　俺の大声が厳かな礼拝堂に響き渡る。

「まあまあ、この爺にはすべてわかっておりますよ」

「わかっていない」

「惚れてしまったのでしょう、フローラ様に。この爺にはお見通しです」

「……」

　今度は違うとは言えずにうつむく。

　どうせ孫のシリルからも色々聞いているんだろう。

「良いことですよ。生きているうちにアルフレッド様が恋に落ちるのを見られるとは、夢のようです。幼少期から何かとつらいことが多かったアルフレッド様ですから、是非幸せになっていただきたいものです」

　うほほと笑うオウルの笑い声が、耳に心地よく響く。

「幸せ、か」

「はい。好きだと思える人に出会えることも、その人が傍にいてくれることも幸せな奇跡なのです。その人が生きて隣で笑っていてくれることも」

　そう語るオウルの目は遠くを見ているようで、いまだに亡くなった夫人のことを忘れていないのだとわかる。

「ですから、一日一日を大切になされ、アルフレッド様。そして愛する人と心を通わせられたとしても決して驕《おご》らず、誠実であること、互いに尊重しあうことを忘れてはなりませんぞ」

「……ああ」

オウルは目を細め、いい子だと言わんばかりに俺の頭を優しく撫でた。

とっくに成人している辺境伯に身内でもない家令がすることではないが、不快じゃない。

俺はいつまで経ってもこの人の前では小さな子供なのだなと苦笑した。

だがこうして子供扱いしてくれる人がいたからこそ、親があんなでも人としての心を完全に失わずに済んだのではないかと思っている。

俺は立ち上がり、昔と変わらない優しい水色の瞳を見下ろした。

「俺はもう行く。仕事は無理するな。また腰を痛められてはかなわない」

「うほほ、まあほどほどに頑張りますよ。アルフレッド様が愛する奥様との時間をなるべくとれるように」

赤くなったであろう顔を見られないよう、それには答えず足早に礼拝堂を後にする。

また、オウルの笑い声が聞こえた気がした。

今日はまだ少し時間に余裕があるから、剣と弓の訓練でもしていこう。

町に行くのはその後だな。

そう思って訓練所に向かったが、先客がいることに気づいた。

弓の練習をしているのは、副団長のカインと……フローラ⁉

なぜこの二人が。

ラナも少し離れた場所にいるので、二人きりというわけではないが……。

二人は距離をあけてそれぞれ的に向かって矢を射ているが、時折カインがフローラに近づいてアドバイスらしきことをしていた。

胸の奥がざわめく。

――落ち着け。

弓の訓練をしたいとフローラは言っていた。

弓の名手であるカインが教えていたって、なんの不思議もない。

だが……二人はわざわざこの時間に待ち合わせて訓練をしているのか？

フローラのことを探るのはやめにしようと思い、彼女のことをもう報告しなくていいとラナに伝えていたが、それが裏目に出たのか。

俺はどうしたらいい。

「何をしている」と二人の前に出ていくか？

いや何をしているというか弓の訓練なんだが。

そんな見ればわかることをわざわざ訊いてどうする。

それじゃあ「訓練をしていただけなのに嫉妬に狂って邪魔をしにきた夫」になってしまう。

ただでさえ色々格好悪いのに、これ以上そうはなりたくない。

なんてことを考えているうちに、フローラが休憩のためベンチに腰掛けた。

俺は気配を殺して身を低くし、少し近づいて木の陰に隠れる。

茂み越しにフローラの横顔が見えた。

くそ……これじゃあ彼女に片想いしてつけ回す怪しい男だ。

あながち間違っていないが。

カインも射るのをやめて、フローラが座るベンチの近くに来た。

さすがに隣に座るようなことはなく、立ったまま水筒からコップに水を注いで彼女に手渡す。

くっ、相変わらずマメで気が利く男だ。

「ありがとうございます、カイン卿」

「どういたしまして。奥様は日に日に上達されていますね」

「ふふ、そうだといいのですが」

「失礼ながら、ここまで懸命に取り組まれるとは思っていませんでした。狩りのために弓を?」

「そうですね。クロスボウは威力があるものは装填に時間がかかりますし、弓より壊れやすいので」

「かなり真剣に考えておられるのですね。……クロスボウを扱えるのなら狩りにはじゅうぶんかと思いますが。生活の糧とするわけではないでしょうし」

カインの言いたいこともわかる。

貴族のいわゆるお遊びの狩りなら、クロスボウを扱えれば事足りると言いたいのだろう。

装填に時間がかかるとしても、従者に予備でも持たせればただの狩りでそう困ることはないはずだ。

だが、フローラはおそらく俺と別れた後のことを見越して、新たな技術を身につけようとしている。

生活の保障はすると言ったのに、完全に自立することを考えているのだろうか。

彼女を見ると、少し困ったような笑みを浮かべていた。

「たしかにクロスボウを扱えればそれで事足りるかもしれません。ですが、できることが多いに越したことはないので」

「……。あの噂、やはり……」

「噂、ですか？」

カインが口元に手を当て、考え込むような仕草をする。

「……いえ。今後、何か困ったことがありましたらご相談ください。いえ……頼ってください。必ず力になります」

「？　はい、ありがとうございます」

噂とはなんだ。フローラに関することか？

なんとも言えない不安が胸をよぎる。

……シリルになんの噂か調べさせるか。

いつまでも隠れてコソコソ見ているのもなんだし、そろそろ立ち去ろうと腰を浮かせたとき、カインがフローラに甘い笑みを向けた。

そして先に訓練に戻っていく。

フローラを見ると……うつむいて頬を染めている⁉

心臓がどくどくと嫌な音をたてる。

フローラも訓練に戻るが、弓を引くその姿をカインが時折ちらりと見ていた。

ただのフォームのチェックなのかもしれない。

だが、そうじゃないのかもしれない。

もしかして二人は、俺の知らないところで……惹かれあっている？

痛む頭に手をやり、ふと顔を上げると、いつの間にか近くにいたラナが茂み越しにこちらを見ていた。

「……」

「……」

ラナが俺から目をそらし、フローラのほうを向く。

なんだ言いたいことがあるならはっきり言え、俺が茂みに隠れて二人を見ているのがそんなに滑稽か。

……滑稽だろうな。

男として情けないな、俺は。

もういい。誕生日など待っていられない。

誕生日には宝飾品を用意するとして、告白だけ先にしてしまおう。今夜にでも。

ほかの男に奪われるのを黙って見てなどいられない。

フローラは俺の妻だ。

絶対に誰にも渡さない。

◇　◇　◇

刺繍をする手を止め、顔を上げて窓の外を見る。

オレンジ色の太陽が山々の向こうに姿を隠しかけるこの時間が、以前は苦手だった。

一人になってからは、夜が怖かったし寂しかったから。

特に冬は日が落ちると冷え込むから、また夜が始まると思うと気分が沈んだ。

でも今は、日が沈みゆくこの光景を美しいと思える。

暖かい部屋の中、いつも誰かの気配を感じながら、美味しい夕食と最高の入浴を控えたこの時間は至福のひととき。

こんなに幸せでいいのかと時々怖くなる。

そういえば、昼間挨拶にきた家令のオウル。

まさか結婚式の牧師様が家令だなんて思いもしなかったわ。

アルフレッド様も教えてくださればいいのに、もう。

でも、優しい目元と白いお鬚《ひげ》がロンおじいさまと少しだけ重なって、胸が温かくなった。

シリルのおじい様だということだけれど、優しくてお茶目な方だったわね。

今度ゆっくり話してみたいわ。

刺繍を再開しようと針を持ち直したとき、ノックの音が聞こえて再び顔を上げる。

この時間ならラナかしら？

「どうぞ」

予想に反して、部屋に入ってきたのはアルフレッド様だった。

こんな時間に部屋に来るのも、廊下に面した扉から入ってくるのも珍しい。

「刺繍の邪魔をしてしまったか？」

「いいえ、暇つぶしのようなものなのでお気になさらず」

「座ってもいいか？」

「ええもちろんです、どうぞ」

「ああ、その前にこれを君に。開けてみてくれ」

彼がかわいらしい箱を差し出す。

受け取って蓋を開けると、紫色の花がのったクッキーが六枚入っていた。

「わあ、きれいですね。お花のクッキーですか？」

「ああ。今日は用事があって町に行ったんだが、その帰りに菓子店に寄ってきたんだ。スミレの砂糖漬けのクッキーだ。よかったら食べてくれ」

「うれしいです！　ありがとうございます」

アルフレッド様が直接何かを買ってきてくださるのは初めてだから、すごくうれしい。

あまりのうれしさに、へらへらとしまりのない笑みが浮かんでしまう。

ひとまずラナをベルで呼んで、お茶の準備をお願いする。

お茶を飲むから今日は隣ではなく向かい合わせに座った。

しばらくしてお茶を用意してきたラナが入室してきて、アルフレッド様の前にお茶を出す。ほんの一瞬、二人が顔を見合わせたように見えた。

彼がなぜか気まずそうな顔をする。

どうしたのかしら？

ラナは私にもお茶を出し、口元にかすかに笑みを浮かべながらぺこりと頭を下げて出て行った。

「クッキー、とても美味しそうですね。さっそく食べてみてもいいですか？」

「もちろんだ。君のために買ったのだから」

「ありがとうございます。では三枚ずつ食べましょう？」

彼が微笑する。

眉間にしわが寄ってばかりだった最初のころと違って、本当に優しい表情をしてくださるようになったわ。

とてもうれしいし、……ドキドキしてしまう。

視線をそらしてクッキーをひと口食べると、ほどよい甘さが口の中に広がった。

「美味しいです」

「ああ、俺も好きな味だ。こういうのもいいな」

幸せな気持ちでクッキーを食べる。

期間限定とはいえ、こんなに幸せなことばかりだと悪いことも起きるのではないかと少し不安になる。

「そういえば。今朝訓練所に行ったら、君が弓の練習をしているのが見えた」

「見られてしまったのですね。まだまだ下手なので恥ずかしいです。上達したらお見せするつもりだったのですが」

「そうか。カインが教えてくれているのか？」

「そうですね。つきっきりではありませんが、時々アドバイスをくださいます」

彼がなぜか複雑な表情でテーブルに視線を落とす。

「そうか。その……君はカイン……」

「はい？」

「いや……そうじゃないな。言うべきことはそれじゃない」

「……？」

カイン卿がどうかしたのかしら。

アルフレッド様が黙り込んでしまった。

また再婚の話だったらどうしようかと思ったけれど、もうそのお話はしないと約束してくださったし。

カイン卿はたしかに素敵な男性だと思うわ。

優しいけれどちゃんと距離もとってくれる、気遣いの人。

微笑を向けられたとき、たしかに女性にもてそうな笑顔だと思った。

けれど同時に、「でも私はアルフレッド様の笑顔が好き」という考えが頭の中に浮かんできて、
そんな自分に驚くと同時に恥ずかしくなってしまった。

私、やっぱり……アルフレッド様に恋をしてしまったのかしら。

って、本人が目の前にいるのに何を考えているの。恥ずかしくて頬が熱くなってくる。

「フローラ」

そんな胸の内を読まれたかのようなタイミングで呼びかけられ、驚いて顔を上げる。

「は、はい」

「君に……伝えたいことがあるんだ」

「？　はい、なんでしょう」

「その……俺は……」

私をまっすぐに見つめる深い緑色の瞳が、どこか切なげに揺れている。

アルフレッド様は何を仰ろうとしているの？

いつもと違う彼の様子に、なぜか緊張してくる。

「俺は、君」

言いかけた言葉は、ノックの音に遮《さえぎ》られた。

彼が脱力したようにうなだれて、長く長く息を吐く。

「誰だ」

少し不機嫌そうなアルフレッド様の声。

「失礼します」

そう言って部屋に入ってきたのは執事のシリルだった。

「お楽しみ中のところ申し訳ありません。こちらだと思ったので」

「誤解を招くような言い方をするな。……何かあったのか」

たしかに、シリルが用もなく私の部屋に来たことはないわ。

「烽火《のろし》です」

「！」

アルフレッド様が勢いよく立ち上がる。

「すぐ出る、支度を」

「はい」

烽火ということは、北の砦で何かあったの？

アルフレッド様の横顔は、私の知らない男性のように見えた。

騎士の顔とでも言うのか、ぴりぴりとした空気をまとっている。

「すまないフローラ、少しの間留守にする。話は帰ってからしよう」

「魔獣、なのですか？」

「ああ。だが何も心配はいらない。そう珍しいことじゃないから、気にせず普段通りに過ごしていてくれ」

安心させるように、私に向けて微笑する。

「アルフレッド様、ご武運を」

「ああ、ありがとう」

そのまま彼は足早に部屋を出て行った。

以前ラナから聞いた話によると、現れた魔獣が少なければ北の砦にいる騎士たちで対応するけれど、彼らの手に余るようなら城からも騎士が出るということだった。

つまり、数が多いか、あるいは手を焼くほどの強い魔獣か、その両方か。

そんな魔獣のところに向かうなんて、彼が心配だわ。

いくら強くて戦い慣れているとはいえ、もし大きな怪我でもしたら……。

騎士の母や妻はいつもこんな思いをしているの？

ここは魔獣の出る地であること、アルフレッド様や騎士たちが魔獣から守ってくださっていること。

それは事実として知っていたけれど、実感したのは初めてだわ。

あの方が危険な地に赴くというのに、自分には何もできないのがもどかしい。

だからといってクロスボウ一つ持って戦場に出たところで場を乱すだけだから、私はおとなしく待っているしかない。

「アルフレッド様……どうかご無事で」

　つぶやいた言葉が、静寂の部屋にやけにひびく。

　祈るしかできない私は、ズキズキと痛む胸の前でただ手を組んだ。

◆　◆　◆

　馬を駆けさせ騎士団とともに北の砦に着いた頃には、日はすっかり落ちていた。

　すぐに戦闘に参加すべく戦場に出たが、まだ戦闘中ではあるものの魔獣はそう多くなかった。

　この程度なら砦にいる騎士だけで対応するのが普通だが、なぜ呼ばれたのか。

　そう思っているところに、砦の現在の責任者が駆け寄って来た。

「わざわざお越しいただき申し訳ありません」

「それはいい。どうした」

「何かがおかしいのです。ワイバーンが現れたのかもしれません」

「それは厄介だが、かもしれないというのはどういうことだ」

「かなり上空にいるのか、姿が見えないのです。時折空から岩が落ちてくるのですが……」

　そう言っている間にも、戦っている騎士たちの頭上に岩が落ちてきた。

　騎士がギリギリで避ける。

たしかに、上空にかろうじて捉えられるほどの魔獣の気配がある。

かなり高い位置にいるな。

魔力がある俺は、魔力を大量に帯びた生物である魔獣の気配を多少感知できるが、それはさほど精度のいいものではない。

魔獣がいる方向と距離があいまいにわかる程度だ。

自分から遠いほど感じられる気配も薄くなる。

防壁の上の弓兵が上空に向かって矢を射るが、手応えはなさそうだ。

「かがり火をもっと焚け！　地上の魔獣を短時間で倒し、弓での集中攻撃に切り替える！　弓兵は準備を！」

俺は声を張り上げると、愛馬を駆って魔獣の群れに突っ込んでいった。

漆黒の毛並みが美しい、ほかの軍馬よりも大きい俺の愛馬は、魔獣をまったく恐れない。

それどころか小さな魔獣なら踏みつぶしてしまうほどだ。

そんな馬を乗り回しながら、騎士たちとともに槍で魔獣を屠《ほふ》っていく。

ワイバーン以外はそう強い魔獣はいないようだ。

ほぼ片付いた……そう思ったところで、魔獣の気配が急に濃くなる。

ぶわりと突風が起こり、少し離れた場所にいた兵士が突然空中に浮いた。

兵士の叫び声と魔獣の気配が上方に消えていく。

騎士や兵士たちの間で、どよめきが起こった。

ワイバーンに連れ去られた⁉

兵士は叫び声を上げながら落下してきて、防壁の上にどさりと落ちた。

魔獣の気配が再度濃くなる。かすかに羽ばたきの音も聞こえる。

かがり火が明々と周囲を照らす中、もう目視できてもおかしくない距離にいるはずなのに、その姿はまったく見えない。

全身に鳥肌が立つ。

——まさか。

「インビジブル……」

ワイバーンの変異種、『インビジブル』。

強さや大きさはワイバーンと同じで特別強くはないと言われているが、厄介なのはその姿が見えないこと。

そしてワイバーンよりも格段に知能が高いこと。

五十年ほど前にも現れ、大きな被害を出した。

「インビジブルだ！」

俺の声に、驚愕の声があちこちから上がる。

「騎兵歩兵は防壁まで下がれ！　弓兵、インビジブルは防壁の北側上空をウロついている。そこに向かって集中射撃！　住民避難指示の鐘を鳴らし、城に向け光の信号で〝インビジブル〟と知らせろ！　〝雨〟の準備も急げ！」

俺の号令に皆がすぐさま動いた。

俺たちが防壁まで下がると同時に弓兵が集中射撃を開始し、無数の矢が漆黒の空に向かって絶え間なく放たれる。

その間に、住民たちに避難指示を知らせる鐘が鳴り響いた。

兵の一人が望楼に駆け上り、光を発する魔道具で城に向けて信号を送り続ける。

俺を含め皆が防壁の上に上がった。

くそっ……対応が遅れた！

〝雨〟の発動にはかなり時間がかかる。もっと早く気づいていれば……！

見えない相手にひたすら矢を射るのは効率が悪く効果も薄いが、発動まで足止めできればそれでいい。

なんとしてでもここで食い止めなければ。

インビジブルは空を飛べる。城や町に行かせるわけにはいかない！

手応えも感じないまま矢を射続ける。

まだやつはここにいるか？　気配は……⁉

「……真上だ！」

気配が急速に近づいてくる。

「伏せろ！」

皆が伏せたところで、またぶわりと風が吹く。

インビジブルの攻撃をくらったらしく、少し離れた場所にいた数人が吹き飛ばされて防壁の上から落ちた。

やつはどこだ。動いているほど気配を感じられる。俺しか感知はできない、どこだ。

インビジブルは……。

「南側上空四十五度、一斉射撃！」

俺の号令で再度無数の矢が放たれる。

だが当たった様子もなく、気配はどんどん遠ざかっていく……城や町がある、南側へと。

「まずい……やつは南へ向かった、城に信号を送れ！　俺とともに来た騎士は城に戻れ！　戻る一団はウェインが率いろ、俺は先に行く！」

「はっ！」

つないであった愛馬にまたがり、城に向かって駆けさせる。

城にはカインを残してある。あいつは弓の名手で、指揮能力も問題ない。

だが、いくらカインでも、見えない魔獣相手に戦えない。

魔力があるのは俺だけだ。急がなくては……！

インビジブルの気配はまっすぐ南に向かっていて、かすかにしか捉えられないほど離れてしまった。

スピードはワイバーン以上だ。かなり速い。

このスピードなら、やつは城周辺に〝雨〟が降り始める前に城に到着してしまうだろう。

最悪でも、〝雨〟が降るまではやつを城にとどめなければならない。

だが、俺ですらぼんやりとしか位置を把握できない魔獣を、いつまで城に引きつけておけるか……。

――魔眼。

魔眼なら、やつの姿を捉えることができる。

五十年前にインビジブルを倒せたのは、当時の辺境伯だった曽祖父の活躍によるところが大きい。

そろそろ息子に爵位を譲る年齢だったにもかかわらず、その弓の腕は神のごとしと言われていた。

そして何より、彼は魔眼持ちだった。

……フローラにも魔眼がある。

だが彼女を魔獣の前に出すなど論外だ。

最低でも、俺が傍にいてなおかつ彼女の守りを万全にした状態でなければ、協力をあおぐことなどできない。

彼女は騎士じゃない。

いくら狩りが得意でも、インビジブルが見えても、魔獣には対応できない。

ひとまず俺が城に戻って、城の騎士たちと合流しなければ。

そしてなんとしてでもそこで食い止める。

できるかできないかじゃない、やらなければならない。

城で止められなければインビジブルは町へ行ってしまう。

皆避難はしているが、そこで暴れられれば被害は出るはずだ。

何より、そこすら通り過ぎてさらに南に行かれては大惨事になる。

だが城で食い止めるということは、フローラがいる城で戦闘になるということだ。

そんなことを考えている場合ではないとわかっているのに、彼女のことが心配でたまらなくなる。

いや、大丈夫だ。

彼女は戦場に出るわけじゃない。

城は頑丈なつくりだ、先ほどの様子からすればインビジブルは城を破壊しつくせるほどの強さはない。

地下にでも避難していれば問題ない。

大丈夫、大丈夫だ。この胸騒ぎも気のせいだ。

自分にそう言い聞かせながら、魔獣の血を半分引く愛馬を必死に駆けさせた。

◇　◇　◇

ゴーン、ゴーンという重苦しい鐘の音が響き渡って、驚いてソファから立ち上がった。

「何……？」

この城に来て今までこんな音を聞いたことがない。

ということは、緊急事態を知らせるもの？

そういえば避難指示の鐘が鳴れば町の人たちが避難すると聞いた。

窓の外を見ると、いつもよりかがり火が多く焚かれているようだった。

人々の慌てているような声もかすかに聞こえてくる。

一体何があったの？　アルフレッド様はご無事なの？

不安が胸を締めつける。

「奥様、失礼します！」

突然扉が開いて、ラナが慌てて駆け込んでくる。

ラナがノックせずに入ってくるなんて初めてのことだわ。

「ラナ、何かあったの？」

いつも冷静だったラナがひどく焦っている。

大変な事態が起こっているのだと察した。

「厄介な魔獣が現れました。北の砦を過ぎてこちらに向かっているそうです」

「魔獣がここに？　アルフレッド様はご無事なの⁉」

「ご主人様に何かあれば真っ先に情報が入りますので、それに関しては大丈夫かと。おそらく屋上が戦場になるため、上階は危険です。地下に避難していただきますが、まずは万が一に備えて動きやすい服装にお召し替えを」

ラナに手伝ってもらって、一番動きやすい狩りのときの服装に着替える。

靴も走りやすいものに履き替えた。

ラナとともに部屋を出て、速足で廊下を歩く。

ほかの使用人たちもあわただしく動いていた。

「厄介な魔獣とは？」

歩きながらラナに問う。

「……インビジブルというワイバーンの変異種です。五十年前にも現れ、大きな被害を出しました」

五十年前でワイバーンの変異種というと、アルフレッド様が以前屋上で話してくださった魔獣よね？

当時の辺境伯と騎士団に討ち取られたとされているという。

その時と同じ個体なのかしら。

「インビジブルは強いの？」

「強さはワイバーンとさほど変わらないらしいですが、姿が……見えないのです。知能はワイバーンよりも各段に上だと言われています」

「姿が見えない⁉」

そんな魔獣を相手にどう戦うというの？

しかもワイバーンの変異種なら、空も飛べるはず。

「以前はアルフレッド様の曽祖父にあたる方が倒したのよね？」

「ご主人様からお聞きになっていたのですね……仰る通りです。当時の辺境伯が射た矢が当たり、その刺さったままの矢をめがけて騎士たちが一斉射撃して倒したと言われています。ただ矢が大量に刺さったまま逃げてしまい、魔石は回収できなかったそうです」

「死んでいなかったということかしら」

「どうなのでしょう……前回と同一の個体なのかどうか……」

地下に着き、ラナが武器庫の扉を開ける。

「奥様、ご不便をおかけして申し訳ありませんが、この武器庫でしばしお過ごしください。奥に部屋があります。ここが一番頑丈に作られているのです」

「わかったわ」

武器庫の奥に進んで扉を開けると、あまり広くないながらも部屋があった。

天蓋付きの大きなベッドが一つ、普通のベッドが一つ。ソファとテーブルもある。

もしかして辺境伯夫人や子供の避難部屋なのかしら。

ソファに座り、息を吐く。

……胸が苦しい。

北の砦が突破されたとのことだけど、アルフレッド様は大丈夫なのかしら。

心配でたまらない。

それにきっともうすぐここも戦場になる。

見えない敵を相手に、騎士たちはどう戦うの？

――見えない敵。

その見えない敵を、当時の辺境伯が射たと言っていた。

当時の辺境伯は……魔眼を持っていたはず。

ということは、私にもインビジブルが見える？

グランヴィルの血を継いでいるから魔眼だと思っただけで、私のこの目はお母様の仰っていた通り〝祝福の目〟で、魔眼とは違うものだという可能性もないわけじゃないけれど……。

「ラナ、屋上に行くわ」

「奥様!?　いけません、危険です！」

「私にできることがあるかもしれない。役に立たないようならおとなしく帰ってくるから」

「奥様に何かあったらご主人様に顔向けができません。どうかここでお待ちください」

「ラナ」

立ち上がって、ラナとしっかりと目を合わせる。

「私にはインビジブルが見えるかもしれないの」

「え……？」

「もし見えなければ無茶せずここに帰ってくる。いきなり戦場に飛び出すような真似もしない。約束するわ」

「いけません。インビジブル対策の魔道具もあるはずです。奥様が出なくても騎士たちがなんとかします」

「その魔道具はどういったものなの？」

「魔力に反応して光る雨を降らせるのだとか……詳しくは存じませんが」

天井付近にある小さな窓を見上げるけれど、雨が降っている様子はない。

「雨を降らせるなんて、かなり大がかりな装置になるはずよね。発動にも時間がかかるはず。まだ発動していないようだわ」

「……」

ラナが黙り込む。

「お願い……その魔道具が発動すれば引き下がるし、ひとまず様子を見るだけよ。どうか止めないで。止めるというのならラナを縛り上げてでも行くわ」

ベッドの天蓋から垂れているカーテンをとめていた紐を手に取る。

今まで見た限り、ラナが戦闘に関する訓練を受けている様子はない。

私にも格闘術の心得はないけれど、普通の女性になら負けないはず。

「……どうしても行かれるのですか」

「ええ」

「わかりました。お一人で向かわれるくらいなら、どうか私もお連れください。足手まといにならないようにしますので」

「……わかったわ」

無理して縛り上げるよりも、彼女の協力があったほうが動きやすいはず。

「ラナ。インビジブルは賢いのよね？」

「はい、そう言われています」

「そう……。私にインビジブルが見えるとしても、クロスボウで倒せるなんて自惚《うぬぼ》れてはいないわ。騎士たちの目になれればそれでいいと思っているの。ただ、万が一に備えなければね」

「？」

「ラナには今から言うことをしてほしいの。決してインビジブルには見つからないようにしてね」

二人でしばし話し合い、武器庫から出る。

クロスボウはラナが麻袋に入れて抱えた。

武器庫の出入り口に立っていた騎士二人には、忘れ物を取ってくるとだけ告げた。

ラナが一緒じゃなかったら止められていたかもしれない。

完全に騎士たちが見えなくなってから、屋上へと急いで向かう。

いつもはそこかしこに騎士が立っているけど、今日は武器庫付近を除けば騎士の姿はほとんどない。

城に残った騎士たちが、ほぼ総出でインビジブルを討伐するということね。

ラナと二人、階段を駆け上る。心臓が激しく脈打っているのは、走っているせいだけじゃない。

本当は、怖い。

魔獣なんて恐ろしい。

私一人でどうにかできるなんて思っていない。

けれど、もしも私にしかできないことがあるなら。

私もここを、皆を守りたい。


屋上が近づくにつれ、騎士や兵士たちの声が聞こえてくる。

屋上につながる扉をそっと開けて出入口の陰に隠れながら様子をうかがうと、皆が矢を射る準備をしていた。

指揮をとっているのはカイン卿。

「間もなくインビジブルがこちらに向かってくるはずだ。この魔獣感知器で接近のタイミングを計る。北側へ向かって矢を射る準備をしておけ、なんとしてもここで食い止める。〝雨〟の発動までは、倒すことよりもここにとどめることを第一に考えろ！」

まだインビジブルはここに着いていなかったのね。

間に合ったみたい。

あとは、私に見えるかどうか……。

急に飛び出しても混乱させるだけだし、騎士たちに姿を見られると避難しろと言われて強制的に連れ戻される可能性もあるから、まずは身を隠しておかなきゃ。

「！　感知器に反応があった！」

騎士たちの間に緊張が走る。

カイン卿の傍にある台座に設置された大きな丸い球体は魔道具のようで、赤い光がゆっくりと点滅していた。

その点滅が徐々に速くなっていく。

場の緊張感がどんどん高まっているのがわかる。

「構え！」

皆が北側に向かって弓を構える。

ざわりと、何か不快な気配を感じた。

それが徐々に近づいてくる――砦のある北側ではなく、南側から。

そちらを見る。

氷のように向こう側が透けて見える生物が、こちらに向かって飛んでくる！

「射――」

「カイン卿、インビジブルは南側から来ます！　みんな伏せて‼」

「⁉　……っ、伏せろ！」

カイン卿が私の声に反応してすかさず号令を出す。

皆がとっさに姿勢を低くした。

その上をすさまじい風が通り抜けて、何人かはインビジブルの体に当たったのか鋸壁《きょへき》まで吹き飛ばされた。

　騎士たちの近くのかがり火も倒れる。

　鋸壁の狭間から落ちそうになった騎士もいたけれど、すぐに仲間に引き上げられた。

　出入り口の陰から出て、カイン卿に向かって歩いていく。

「奥様!?　いったい……」

「信じてくださってありがとうございます。インビジブルは今、少し離れて北側上空で止まっています」

「感知できるのですか？　そういえば、以前護衛についた騎士が奥様には魔力があると……」

「感知できますし、見えます」

「見える!?　いや、今はそんな場合じゃない。城内にお戻りください奥様、危険です！」

　カイン卿が切実な表情で訴えかけてくる。

　私は首を振った。

「インビジブルの行動は不可解に思えます。一度城を通り過ぎたはずが、なぜそのまま人が多い町に向かわずここに戻ってきたのか……。行動パターンが読めない魔獣を、見えもしないままここにとどめるのは困難を極めるでしょう。そしてこの場で敵が見えるのは私だけです」

「たしかに単純に人のいるところに向かってくるという習性からは外れているように思えますし、姿が見えないのは不利です。しかし、だからといって奥様を危険にさらすわけにはいきません。こちらには魔道具があります、どうかお引き下がりください」

「その魔獣感知器は距離のみで方向はわからないのでしょう？　もう一つ大がかりな魔道具があるとのことですが」

「インビジブル対策で開発された、魔力に反応して光る雨を降らせることができる魔道具です。範囲は城の周辺程度ですが」

「それは今どこに？　発動まではどれくらいでしょうか」

「大がかりな装置なので城壁に取り付けてあります。雲を作らなくてはならないので発動までに時間がかかりますが、あと十数分から二十分ほどで雨が降ってくるかと思います」

「ではその雨が降るまでの間だけでも……」

『魔眼』

「……え？」

今、何か声が。

「？　どうかなさいましたか」

カイン卿には聞こえなかったの？

『憎キ魔眼』

「……！」

まさかインビジブル？　魔獣が言葉を話せるというの⁉

しかもほかの人には聞こえていない！

たどたどしいながらも言葉を操るほど知能が高いという事実に愕然とする。

いいえ、言語に関してだけじゃない。

先ほど、砦のある北側から現れるはずのインビジブルが南側から現れたのも、感知器に引っかからないくらいまで離れて迂回してきたためかもしれない。

そのまま町に行かずそうまでして戻ってきた理由は……私の魔眼？

インビジブルは、憎き魔眼と言っていた。

五十年前に瀕死にまで追いやられた恨みを今でも引きずっていて、唯一自分の姿を捉えることができる魔眼を憎しみの対象としているということ？

……それなら。

私がここで囮《おとり》になることで、インビジブルが町へ行くのを防げるかもしれない。

最低でも雨が降るまでは、ここにとどめておかなければ。

「奥様、どうか隠れていてください、お願いです」

「聞けません。インビジブルがいる方向を声と指で指示します。そちらに矢を射てください」

「……」

表情を消したカイン卿が私に向かって手を伸ばす。

私を強制的に避難させるつもりかもしれない。

「いかなる理由があっても触れることは許しません。無理に連れ出そうとするなら死ぬ気で抵抗します。階段から転げ落ちてしまうかもしれませんね」

「！」

カイン卿の端正な顔に焦りの色が浮かぶ。

「なぜそこまでしてここに残ろうとするのですか。どうかお願いです、避難していてください」

「攻撃が当たれば魔獣の凶暴な本能が刺激され、敵である私たちを排除しようとここにとどまるかもしれません。もともとそういう作戦なのでしょう。ですが闇雲に矢を射ても、おそらく攻撃は当たりません。雨が降れば引き下がりますから、どうか」

「……」

私が囮になろうとしていることは言わない。

それを知れば、おそらくカイン卿は有無を言わさず私を城の中に入れてしまう。

「！　動きました。上に向かって飛んでいます。さすがに……見えないですね。ですが気配は感じます。準備を」

「っ……北側に向かって構え！　それから弓兵以外は奥様を囲むように配置しろ、何があってもお守りするんだ！　奥様にはインビジブルが見える、指示に従え！」

カイン卿の号令に、剣を持った騎士が私を囲み、弓を持った騎士が弓を構える。

「近づいてくる……降りてきます！　十一時の方向……いえ、移動して一時の方向から、角度は六十度、今です！」

「射《う》て！」

号令とともに一斉に矢が放たれる。

けれどインビジブルはそこから急降下し、姿が見えなくなってしまった。

「急降下しました。いくつかはかすったように見えましたが、あまり大きなダメージは与えられていないようです。少し離れて城の周りをぐるぐる回っています」

狙いをつけられないよう、常に動いている。

やはり知能が高い。

姿が見えれば騎士たちが直接対応できるのだろうけど、戦闘に不慣れな私の指示を聞いてからの攻撃になるから、素早いインビジブルの動きについていけていない。

私は威力が弱めの小さいクロスボウに矢を装填した。

手が震える。恐怖を隠し切れない。

「近づいてきました……この屋上の周りを回っています」

ぐるぐる回っていると気配を捉えづらい。

感知だけでは難しい。やはり姿が見えないと。

「構え！」

気配が、急上昇してくる。

私はインビジブルの気配がするほうに指を向けた。

「昇ってきます、南東です！　……今です！」

「射て！」

矢を避けるようにさらに急上昇する。

やはりいくつかはかすったけれど、有効なダメージを与えられていないみたい。

そのまま急降下してきた……私に向かって。

「東方上空、私に向かってきます！」

兵士たちが矢を射かけるけれど、空中で素早くぐるりと方向を変えて私に突進してきた。

私が再び指示を出す間もなく、私の横にいた騎士たちがインビジブルの体当たりを受けて屋上の端まで吹っ飛んだ――カイン卿も。

私に向き直ったインビジブルに向けてクロスボウの引き金を引く。

動きを先読みできる能力で首元に矢を当てることができた。

その矢を目印にできればと思ったけれど、浅く刺さってポトリと落ちただけだった。

「ぐっ……奥様お逃げください！　早く城の中へ！」

苦しげにカイン卿が叫ぶ。

負傷したのか胸を押さえながら体を引きずるようにこちらに向かってくる。

インビジブルが、吹き飛ばされた騎士たちの上をからかうように旋回し始めた。

あの位置では一斉射撃ができない。騎士たちに当たってしまう。

私はインビジブルを指さした。

「今、インビジブルはあのあたりで旋回しています。騎士たちから離れるのを待って……」

インビジブルが、空中でぴたりと止まる。

再度私に向かってくるのかと思って身構えたけど、カイン卿に向かって急降下し始めた。

「カイン卿、真上から来ます！　避けて！」

「！」

私の声に、カイン卿が横に飛びのく。

けれど避けきることはできず、鋭い鉤爪《かぎづめ》の一撃で太ももから血しぶきが上がった。

インビジブルは攻撃の勢いのまま床に着地し、すぐにジャンプするように飛び上がる。

「くっ……！」

「カイン卿！」

直撃せずかすっただけのはずだけど、それでも出血が多い。立ち上がろうとしたけど足に力が入らないようで、その場に膝をついてしまう。

空中のインビジブルが、再度突進の構えを見せた。

私も再び矢を装填する。

「私に突進してきます、北西！」

私が指さす方向に皆がなおも矢を射かける。

インビジブルの目標がはっきりしているためか、いくつかは刺さった！

けれど突進は止まらない。

「伏せて！」

身を低くする私の横をすり抜け、また近くの騎士が吹き飛ばされる。

私を狙っているだけでなく、私の周りから人を排除している。

その事実にぞっとした。

刺さっていた矢が突進で外れてしまったので、私ももう一度矢を射る。

けれどやっぱり浅い。矢は当たったものの、刺さらずに地面に落ちた。

インビジブルがニタリと笑ったような気がした。お前の攻撃など効かないと。

硬い……。なぜこんなに硬いの。

私のクロスボウだけでなく、騎士たちの矢も効かない。何度か矢が当たっているはずなのに、たいしたダメージも受けず、刺さってもすぐに抜けてしまう。

五十年前、本当にこれを弓矢で瀕死まで追い込んだの？

「隠れてください奥様……っ」

カイン卿が足を引きずりながら必死に私に近づいてくる。

その言葉を理解したのかはわからないけど、インビジブルは鋸壁に鳥のように優雅にとまり、挑発するように町のある南側を見た。

『人間、タクサン』

お前が逃げれば町を襲うぞと言われているようで、冷汗が流れる。

この知能の高さなら、私と当時の辺境伯が違う人間だと気づいているだろうに、そんなに〝魔眼〟を滅ぼしたいの？

憎しみゆえか、自分の脅威になるモノを排除したいのか……。

いずれにしろ、騎士に守られながらのらりくらりと私が逃げていたら、本当に腹いせに町へ行ってしまうかもしれない。

できれば雨が降るまでの時間稼ぎに徹したかったけれど……。

私は皆から距離をとるように下がり始めた。

体の震えはいつの間にか止まっている。

騎士が再度私を囲もうとするけれど、「作戦があるからこちらに来ないで」とそれを止めた。

騎士たちが戸惑ったように顔を見合わせる。カイン卿だけが近づいてこようとしていた。

「インビジブルは奥様を狙っている、奥様を囲むんだ！」

「いけません、インビジブルを倒したいのなら誰も来ないで！」

命令する立場である二人の意見が割れ、騎士たちの戸惑いが深くなる。

インビジブルが、騎士たちから離れて出入口付近までじりじりと下がる私をじっと見ていた。

大きい……翼や尾を除いて、頭と胴体だけで三メートルくらいかしら。

雨は、まだ降ってこない。でも空に雲がかかってきている。きっと、もうすぐ降ってくれる。

雨が降ったあとの戦闘を考えれば、私を守るために負傷する騎士をこれ以上増やすわけにはいかない。

……覚悟を決めるしかない。

インビジブルが翼を羽ばたかせて空中に浮く。

私に向かってくることはもうわかっていた。

私は腰の後ろの矢を握る。

――来る！

「ラナ！」

扉の陰にずっと隠れていた彼女の名を呼ぶ。

ラナが私に向かって威力が大きいほうのクロスボウを投げた。

すでに弦が張ってあるそれに矢を装填し、――引き金を引く！

ギエエェェェエエッ

インビジブルの叫び声が響き渡る。

私が放った矢は、インビジブルの右目を深々と突き刺していた。

インビジブルが素早く背を向けた、と思った瞬間、脇腹にすさまじい衝撃を感じた。

浮遊感ののち、床に叩きつけられる衝撃。

声も上げられなかった。

奥様、と人々が叫ぶ。

どうやら尾の一撃を受けてしまったみたい。

駆け寄ってきたラナが、私の傍に膝をついて何度も奥様と呼びかける。

もう一度、インビジブルの叫び声。

なんとか首を動かしてそちらを見ると、鼻先にも矢が刺さっていた。

――カイン卿、かしら。さすがね。

そこからさらに刺さったままの矢めがけて騎士が射かけるけれど、インビジブルは素早く上空に逃げてしまった。

折れた矢が空からポトポトと落ちてくる。

目印になる矢を抜かれてしまった……？

五十年前の敗因について学習している。やっぱり知能が高いのね……。

ああ、だめ。

頭がくらくらして世界が回る。目の前が暗くなって――。

ぽつりと、頬に当たる冷たい水の感触。

ああ、やっと雨が降ってくれたの？

重い瞼《まぶた》を無理やり開けると、いつの間にか剣を持った騎士たちが私を囲んでいて、少しの間気絶していたのだと知る。

ラナは私のすぐ傍にいて、私を守るように背を向けていた。

「雨――姿が――！」

「奥さ――やく――城内――」

「くそ、かがり火――邪魔――」

耳鳴りがひどくて、騎士たちの声がよく聞こえない。

かすむ目に映るのは、光る魔獣。

騎士たちが弓矢や剣で応戦しているようだけど、インビジブルに吹き飛ばされて私の目の前からどんどんいなくなっていく。

「だめだ硬――矢では――」

インビジブルは確実に私を殺そうとしている。

もう、だめかもしれない。

ラナが私に覆いかぶさる。

だめ、危ないわ。逃げて、お願い。

カイン卿が私とラナの前に出て、弓を捨てて剣を抜いた。

ポタポタと、彼の足から血が滴り落ちている。そんな怪我では立っているのもやっとなはずなのに。

インビジブルが空中へと飛び上がる。私にとどめを刺すために。

回転しながら凄まじいスピードでインビジブルがこちらに向かってくるのに、カイン卿もラナも動かない。

お願い、二人とも私なんてかばわずに逃げて。

私のせいで、カイン卿とラナが……！

――音が、近づいてくる。

重くて硬い音……蹄の音？

「――ン、――せろ！」

この、声は。

目の前に大きな黒い影が飛び出してきた。

青白く光る刃がきらめいて、インビジブルの頭部が胴体と離れて吹き飛ぶ。

頭を失った体は突進の勢いのまま私たちのすぐ上を通り過ぎ、ドォンという重い音とともに後方に落ちた。

辺りが急に明るくなり、騎士たちが青い灯りに照らされる。魔獣が絶命したときの炎……？

インビジブルの首を切断した人物が馬から降り、剣を放り投げて私のほうへと駆け寄った。

ラナが私の上から退けて少し離れる。

――アルフレッド様。

私の傍に膝をついて、何度も私の名を呼ぶ。

ようやく耳が聞こえるようになってきたわ。

アルフレッド様がインビジブルを倒してくださったのね。あんなに硬い魔獣を、たった一撃で……。

「フローラ、しっかりするんだ、フローラ！　……急いで担架を持て！　シリルに医師の手配をするよう伝えろ！」

蒼白な顔で指示を出す彼は、金色の淡い光に包まれていた。

ふふ、アルフレッド様ったらどうして光っているのかしら。

あ、私も光っているわ。魔力に反応する雨のせいね。

安堵したせいか、全身から力が抜けていく。

きらきらしたアルフレッド様を見ていたいのだけれど、息をするのも苦しくて、とても眠いんです。

だからそんなに私の名を呼ばないでください、アルフレッド様。

少しだけ……眠らせてくださいませ。

第二章　フローラの居場所

砦を通り過ぎて南に向かったインビジブルを追うべく、俺は城に向かって単騎で必死に馬を走らせた。

城が近くなっても雨はまだ降っていなかった。

かすかに感じるインビジブルの気配に、やつが町には行っていないことを知りひとまず胸を撫で下ろした。

騎乗したまま城に入り、戦闘が行われている屋上への階段を馬で駆け上る。

馬が屋上への扉を蹴破るが、何かが引っ掛かっているようで中途半端にしか開かなかった。

そこで聞こえた、信じられない言葉。

「奥様をお守りしろ！」という、騎士たちの叫び声。

心臓が、激しく動き出した。冷静だった頭の中が、真っ赤に染まる。

そんなはずはない、聞き間違いだと自分に言い聞かせながら、剣を抜いて剣気をまとわせ、扉を切り裂く。

なぜか扉の前に積みあがっていたかがり火台を馬が蹴散らし、屋上に踊り出ると、雨が降り始めていた。

視界に入ったのは、――倒れ込んでいるフローラ。

自らの身を盾にするように彼女に覆いかぶさるラナと、剣を手にその前に立つ、脚衣《トラウザーズ》を真っ赤に染めたカイン。

そしてそれを目指してすさまじいスピードで突進してくる、光をまとった魔獣インビジブル！

馬を走らせ、剣に剣気と氷の魔力をまとわせる。

間に合え――届け！

「カイン伏せろ！」

近づく俺には目もくれず一直線にフローラに向かうインビジブルのその頭を、下から斬り上げて吹き飛ばした。

頭部が滑稽なほど空高く飛ぶ。

斬り上げで突進の軌道をわずかにずらした胴体は、フローラたちのすぐ上を通り過ぎて床に激突し、そのまま鋸壁近くまで滑っていった。

その動きも止まり、わずかにうごめきながら切り口から凍っていくその体が、やがて青い炎に包まれる。

頭部からも炎が上がった。完全に絶命した証拠。

馬から降りてフローラに駆け寄るが、彼女から返事はない。

うっすらと開いていた目も閉じてしまう。

必死に名を呼んでも、彼女は反応しなかった。

体中の血が、凍りつくようだった。

それからのことはあまり覚えていない。

自分の指示でフローラを担架で運び医師を呼ばせたらしいが、頭がガンガンして自分がどう動いているかもわからなかった。

そして今、ベッドに眠るフローラの傍に座っている。

医師の話では、肋骨にヒビが入っているとのことだった。

内臓に損傷はないし、頭もひどく打ってはいないようだから命に別状はないはずと聞いても、フローラがいまだに目を覚まさないのが恐ろしくてたまらない。

それでも、インビジブルの攻撃を生身で受けてこの程度で済んだというのは、奇跡と言えるだろう。

いや、奇跡ではなくフローラが見事なのか。

カインによると、フローラは吹き飛ばされる直前、自分で横に飛んだように見えたという。

魔眼の先読みの能力で、攻撃と同方向に飛ぶことで威力を殺したのだろう。

まるで戦士だな。森で動物を相手に磨いてきた勘ゆえか。

だが、俺はフローラに戦士でいてほしいわけじゃない。

どうしてこんな無茶を……！

顔を覆ったその時、か細い声が俺を呼んだ。

「‼　フローラ、気がついたか！」

フローラがうっすらと目を開け、首を動かしてこちらを見る。

「アルフレッド様、お怪我は……ありませんか」

「ああ、俺は怪我なんてしていない。君のほうがひどい怪我をしているじゃないか」

「よかった、ご無事で。それから、申し訳……ありません……」

「君が謝ることなんて何もないだろう。今は無理して話さなくていい」

彼女が小さく首を振る。

「私の無謀な行動で、騎士たちとラナを危険な目にあわせてしまいました。ラナは無事でしょうか。彼女が責任を問われることはありませんよね……？　私が無理やり言うことを聞かせてしまったのです」

「ラナは無傷だし罰するつもりもない。騎士も今回死んだ者はいないし何も心配しなくていい」

そう言うと、フローラの顔に安堵の色が浮かんだ。

「すべての責任は俺にある。五十年現れていないからと気を緩めず、常に危機感を持っておくべきだった。対応が遅れたからこんな事態になってしまったんだ。本当に申し訳ない」

彼女が再び首を振る。

「それに、インビジブルが町に行くのを防げたのは君のおかげだ。あのまま逃していたら大惨事になっていただろう」

「ですが……」

「以前現れたとき、やつは今回のようにさんざん騎士たちをからかった挙句、町や村を襲ったのだという。その残忍性は異常で、生きながら人を喰らう上……いや、これ以上はやめておこう。とにかく、君のおかげでやつを倒すことができた。それは間違いない」

彼女の顔が悲しげに歪む。

「ですが、インビジブルの襲撃すら私の……私の眼のせいかもしれません。北の砦で聞こえた声のような音がインビジブルのものだったとしたら、魔眼の持ち主がいるとあのとき気づいて、恨みを晴らしにきたのではないかと……」

あのときインビジブルが近くにいたというのか？　だが魔獣の気配など感じなかった。少なくとも感知できる範囲にはいなかったはず。

魔眼はその名の通り魔力が宿る眼だが、俺が感知できるほどの魔力を放っているわけではない。だが魔獣は人間とは比べ物にならないほど高い魔力を持っている。感知能力も人間より格段に上だろう。

インビジブルがその能力で、魔眼に気づいた可能性がないわけではないが……。

「君は当時の辺境伯とは別人なのだから、やつが魔眼を感知したのだとしても、君相手に恨みを晴らしにきたわけではないだろう」

「いいえ、インビジブルは魔眼自体をひどく憎んでいました。屋上では私に対して憎き魔眼と言っていたのです」

「インビジブルが言葉を話したというのか!?」

そこまで知能が高い魔獣など存在するはずが……！

……いや、違う。あり得ない話じゃない。

人のいるところに向かっていくという単純な習性を持たず、俺たちを北の砦に引きつけつつ城を襲撃したことも。

その際、魔獣感知器に引っかからないよう迂回して南側から襲ってきたという事実も。

そしてフローラに一撃を入れた後、重いかがり火台をいくつも吹き飛ばして出入口付近に重ね、すぐに逃げられないようにしていたことも。

すべてが魔獣にあるまじき知能の高さを物語っている。

憎き魔眼と言っていたということは、あのインビジブルは五十年前に討ち漏らした個体と見て間違いないだろう。

だが、騎士たちの報告によると、その表皮は異様に硬く、矢はほぼ通らなかったという。五十年前に弓矢で瀕死に追い込んだというのが信じられないほどに。

たしかにあの手ごたえからして、剣気と氷の魔力の両方を剣にまとわせていなければ、一振りで絶命させることはできなかっただろう。

インビジブルはこの五十年で、表皮の硬さも、おそらく知能も異様に進化していた。

やつが五十年間も沈黙していたのは、進化の完成を待っていたためかもしれない。

――だが。今重要なのはインビジブルの進化でも襲来の経緯でもない。

「魔眼の持ち主がいなくてもやつはいずれ襲撃してきただろうし、君が気に病む必要はない。そもそも重要なのは襲来の理由なんかじゃない。憎き魔眼と聞いてなお戦場に残ったということは、君はインビジブルが自分を狙うとわかっていて囮になったんだな」

「……」

フローラが俺から目をそらす。

図星ということか。

「なぜそんな無茶をした？　君は騎士でも戦士でもない。君の功績は素晴らしいが、その華奢な体で自ら魔獣の攻撃の的になるなど無謀すぎる」

「申し訳ありません……」

「責めているわけじゃない。君がそこまでした理由を聞きたいんだ」

「……私もここを、ガーランドを守りたかったのです。ここは私の天国ですから……」

その言葉に、激しく胸が痛む。

天国だと。ここが？

「天国なんかじゃないだろう。一年でここを追い出すと言った、ろくでもない仮初の夫がいるだけのこんなところが。食事も買い与えているものもたいしたことじゃない、君の命をかけるほどのものじゃない！」

フローラが口元にかすかに笑みを浮かべる。

「食事が美味しいのはもちろんですが。美味しくて栄養のあるものを私にたくさん食べさせろと仰ってくださったのは、アルフレッド様なのでしょう？　私、それを聞いてとても幸せな気持ちになったのです。アルフレッド様は最初から私を気にかけてくださっていたのだと」

「……」

幸せそうな顔で、フローラが言う。

その顔を直視していられず、彼女から視線をそらした。

「ラナやシリルも、この城の人たちも、皆とてもよくしてくれます。そんな風に私を気にかけてくれる人がいることが、私にとっての天国なのです」

彼女の手を取り、うつむく。

顔を上げてなどいられなかった。

「……何度でも言う。それは君が受けるべき最低限の待遇だ。感謝する必要もない」

「ふふ、困りましたね。でも私はこの場所もここの皆さんも本当に大好きなんです。私でお役に立てるのなら、そうしたかったのです。かえって戦場を混乱させたのではないかと気がかりでしたが、そうではなかったのなら、よかった……」

言葉が出てこない。

彼女にかけるべき言葉が、見つからない。

「申し訳ありません、少し……また眠くなってきました」

「……ああ。今はゆっくり眠るといい。無理に話させてすまなかった」

「いいえ……」

そのままフローラが目を閉じる。

そして静かに寝息をたてはじめた。

フローラに対して、なんて無茶なことをするんだと思った。それはその通りだろう。

だが、それは俺のせいだ。

ポジティブでたくましいのに、自分自身のことになるとやけに自信がなくなるフローラの内面を、俺は今までどれほど理解しようとしてきただろうか。

母君が亡くなって、フローラは実の父親に捨てられたも同然の扱いを受けた。

その一方で、愛される妹をずっと見てきた。

そんな中で、彼女はどんな気持ちで生きてきたというのか。

要らない存在のように扱われ、後継者の座も奪われ、心の奥底で求めていたであろう父親の愛が妹に注がれる様を見続けたフローラは、自分自身の価値を見失い、自分を大切に思えなくなってしまったのではないだろうか。

そうじゃなければ、いくら彼女が勇敢でも、騎士をも翻弄するような魔獣に対して囮として正面に立つことなどなかったはずだ。

そんな彼女に、俺が与えたものはなんだ。

一年限定の妻という、使い捨てと言わんばかりの立場。

帰る場所もない彼女に、俺は確たるものを何一つ与えてはこなかった。

無駄な恩まで着せてしまった。

俺のやったことは、すべてが中途半端だった。

俺がずっと妻でいてほしいと伝え、愛していることを告げていたとしても、正義感が強く優しい彼女は自分の能力だけが人々を救えるとわかれば、やはり屋上に向かっただろう。

だがインビジブルへの対応に協力するにしても、自らの身を平気で囮にするようなことはしなかったかもしれない。

囮になるにしても、雨が降るまでの時間稼ぎに徹して、もう少し自分の身の安全を考えたかもしれない。

もしあのまま彼女が魔獣にやられていたらと思うと、気が狂いそうになる。

「俺が愚かだった……許してくれフローラ」

握ったままの手を、両手で包み込む。

俺だけじゃない、シリルもラナも騎士団も、君を慕い大切に思っている。

君はもう、家族に虐《しいた》げられ居場所を失った令嬢じゃない。

皆に慕われ愛される辺境伯夫人なんだ。

どれほど時間がかかっても、君がそのことを実感できるようにしていく。

君が望むことをでき得る限りすべて叶えていく。

俺の人生を丸ごと君に捧げる。

だから、元気になってくれ、フローラ。

そして……自分を大切に思ってくれ。

君は皆にとって、いや俺にとって、何物にも代えがたいほど大切な人なのだから。

「この気持ちは、君が起きているときにちゃんと伝える。今はただゆっくり休んでくれ」

握ったままだった彼女の手をベッドの上にそっと置き、椅子から立ち上がる。

扉を開けると、廊下にラナが立っていた。

その目は赤く、彼女が泣いていたのだとわかった。

彼女のこんな顔は初めて見る。

「……申し訳ございません。私が奥様をお止めすべきでした。止めるどころか協力したせいで、奥様は、あんな……」

戦闘に無縁だったラナが、慕っている主《あるじ》であるフローラが目の前で魔獣の攻撃を受けるのを見たんだ、ショックを受けるのは当然だろう。

「ラナが悪いわけじゃない。フローラも、自分が無理やり従わせたのだからラナを責めないでと言っていた」

それを聞いて、ラナの瞳から涙がこぼれた。

「責任はすべて俺にある。彼女がここまで無茶をしたのは俺のせいだ」

嗚咽《おえつ》も漏らさず、ラナが涙をこぼし続ける。

「野苺を……採りに行こうと約束したんです。もうすぐ野苺の季節だから、みんなでピクニックがてら採りに行こうと。それなのに……」

「フローラは治る。医師もそう言っていた。心配はいらない」

「ですが……」

ラナがうつむいて唇を噛む。

「多少時間はかかるかもしれないが、絶対に治る。今までさんざん怪我をしてきた俺が言うんだから間違いない」

彼女がごしごしと自分の顔を乱暴に拭う。

「本当に、奥様は大丈夫なのですか」

「ああ。だからあまり心配せずフローラに付き添ってやってくれ。野苺は、今年時期を逃してしまったら、来年皆で採りに行こう。再来年も、その先も、ずっと」

「ずっと……？」

「ああ、ずっとだ。もちろんフローラの気持ち次第だが、俺から伝えるべきことはちゃんと伝える。もう中途半端なことはしない」

ラナが俺をじっと見つめる。

「信じていいのですね」

「もちろんだ」

「わかりました。では信じます」

ラナのこのあっさりとした性格が好ましい。

女性恐怖症を発症した俺がラナに対しては比較的平気だったのも、彼女が男としての俺にまったく興味がないのに加え、こういう性格だったからだ。

もちろん幼い時からの顔見知りということもあるが。

「俺は事後処理をしなければならない。フローラのことは頼んだ」

「承知いたしました」

ラナが頭を下げる。

フローラが眠る部屋の扉を複雑な思いで一瞥《いちべつ》し、俺はその場を後にした。

◇　◇　◇

「……。あの、アルフレッド様」

「なんだ？」

「じっと見られていると、食べづらくて……」

ヒビが入ったのだという肋骨が痛くて、お手洗い以外はずっとベッドにいる。

だからベッドの上での食事も仕方がないと思うのだけれど、その横で椅子に座って食事の様子をじっと見られていると緊張してしまう。

「ああ、すまない。ただ、君から目を離すのが怖くて」

「今は動けませんし無茶はしません。胸が痛いだけで、具合も悪くはありませんし」

「そうだな……とはいえ心配なんだ」

彼は私が食べ終わるのを見届けると、濡れたタオルで手を拭いてからりんごを切り始めた。

りんごはガーランド辺境伯領の特産品で、秋から冬にかけて収穫したものを魔道具で一定の温度と湿度を保ちながら保存しているのだとか。

一年中出荷できるから、りんごが出回らない時期は特に高値で売れるということだった。

その貴重なりんごがのったお皿を私のベッドのテーブルの上に置いてくれたのだけれど。

……ウサギ？

皮がウサギの耳のように残してあって、とてもかわいらしい仕上がりになっている。

「まあかわいらしい。アルフレッド様は器用なのですね、ふふっ、……あっ痛っ……」

「す、すまない、笑わせてしまって」

「大丈夫です。うれしいです」

かわいいりんごにフォークを刺して口元に運ぶ。

シャクシャクとした食感と口の中に広がる果汁の美味しさに幸せな気持ちになる。

甘味と酸味のバランスがちょうどいいわ。

そのまま食べても美味しいけれど、アップルパイにしてもきっととても美味しいわね。

そんなことを考えていると、今食べたばかりだというのに小さくお腹が鳴った。

私の胃ってどうなっているのかしら。

「しかし食べづらそうだな。俺が食べさせようか」

りんごが口から飛び出しそうになる。

「い、いえ！　結構です」

食べさせるっていわゆる〝あーん〟よね。

そんなの恥ずかしすぎる。

昨日からはラナの手すら借りずに食べているのに。

「手伝いが必要なら言ってくれ。食べたいものがあればそれも用意する」

「ありがとうございます」

彼がこくりとうなずく。

私が再び目覚めてから、アルフレッド様はこの部屋で多くの時間を過ごすようになった。

仕事の書類を読んでいることが多く、時々私と会話もする。

さすがにお手洗いにはラナが連れて行ってくれるし、体を拭いたりするときは席を外すけれど。

心配をかけてしまったし、私に対して罪悪感を抱かせてしまったのかもしれない。

私が勝手にやったことなのに、申し訳ないわ。

それでも。

アルフレッド様がここにいてくださると、なんだか安心する。

「フローラ」

「はい」

「君がもう少しだけ元気になったら、あの日の話の続きをさせてくれないか？　……大事な話なんだ」

あの日というと、インビジブルの襲来があった日よね。

たしかにあのとき、アルフレッド様は何かを言いかけていた。

「わかりました」

「ありがとう。今は傷を治すことに専念してくれ」

「はい。ですが、気になります。悪いお話ですか？」

彼が複雑な表情で目をそらす。

「いや、悪い話というわけじゃないんだ。ただ、なんというか……場合によっては君の心の負担になるかもしれない。だから君が心も体もつらい状態にならないよう、もう少し元気になるまで待とうと思ったんだ」

「そうなのですね」

「ああ。だが今、一つだけ言っておきたい」

「？　はい」

アルフレッド様が真剣な表情で、私の目をしっかりと見つめる。

「君は皆にとってとても大切な存在で、皆も俺も君さえ嫌じゃなければずっとここにいてほしいと心から思っている。もちろん君の意思は尊重するが」

「えっ……」

ドキリと心臓が跳ねる。

ずっとここにいてほしい……？

だって……私は一年でここを去ると、ずっとそう思ってきたのに。

「インビジブルのことは関係ない。……いや、あの件で騎士団の連中は今まで以上に、それこそ女神のごとく君を崇《あが》めるようになったが」

女神って。

思わず赤くなってしまう。

「怪我をした君への罪悪感とか、君の能力が必要とか、そういうことじゃないんだ。俺もただ君に……ずっとここにいてほしいと……」

アルフレッド様が赤くなる。

その表情にますます心拍数が上がった。

そんな顔でそんなことを言われてしまうと、……あり得ないと思いながらも期待してしまう。

彼が咳払いをした。

「とにかく。君さえ嫌じゃなければ、ここを君の居場所としてくれたらうれしい。答えは今すぐ出さなくてもいいから」

「はい……」

思わず泣きそうになってしまう。

こんな風に言ってもらえるなんて。

みんなが私にここにいてほしいと望んでくれているということが、何よりもうれしかった。

そして、アルフレッド様のお傍にずっといられるということが。

書類に視線を落とす彼の顔を、ちらりと盗み見る。

私の視線に気づいたのか、彼が顔を上げて目が合った。

とっさに言葉が出てこず、なんだか恥ずかしくなって目をそらす。

心臓がドキドキして落ち着かない。
もうはっきりと自覚している。
私は、アルフレッド様のことが好き。
どんな形でもいい。ずっと、お傍にいたい。

閑話　或る家令の決意

西日が差し込む執務室。

執務用の椅子に座る蒼白な旦那様と、執務机の上に置かれた手紙。

私は隠すこともなく長いため息をついた。

「やはり詐欺だったのですね」

「……そんな馬鹿な……」

投資事業の件で確認をとったハデルン伯爵から、返事が届いた。

魔石の採掘事業への投資など募集していないし、そもそも伯爵は最近体調を崩しがちのため、王都には行かずずっと領地で療養しているのだという。

その手紙に書かれていたサインも、旦那様が持ち帰った証券と見比べれば明らかに筆跡が違う。

「そんなはずはない。あれはハデルン伯爵だったのだ」

「ハデルン伯爵はずっと領地におられたと書いてあるではありませんか。投資を持ちかけてきた男とはどこで会ったのですか」

「……今さらそんなことは」

「事態の把握や被害届のためにも必要なことです」

「……。賭博場だ」

ああ、やはり。

もはや怒りすら湧いてこない。それどころか笑い出したくなった。

この男は、なんて愚かなのだろうと。

生真面目で有名なハデルン伯爵が、賭博場で投資話を持ちかけてくるだと？

そんな馬鹿な話があるか。

なぜそれを信じてみようと思ったのか本当に理解できない。

銀行から金を借り、偽ハデルン伯爵に金を払うまでの間に、冷静になり疑ってみる機会はいくらでもあっただろうに。

「おそらくハデルン伯爵と似た男を使ったのでしょう。偽伯爵をわざわざ用意し、賭博場で旦那様に投資話を持ち掛けたということは、詐欺師たちは最初から旦那様を狙っていたということになります」

「そんな……そんなはずは……」

さすがに今日は激昂する元気もないようだ。

「すぐに王都の犯罪対策庁に……」

「ハデルン伯爵の手紙を読んですぐに一応連絡はしましたが、犯人たちはとっくに逃げているでしょう。この手の事件は国外に出られたら終わりです。国家を揺るがす犯罪でもない限り、国は動きません」

「……なんとかしろ、ビクター」

「……。善処します」

「私が伯爵位を失うことなどあってはならない。必ずなんとかするんだ、いいな！」

そう言って立ち上がり、旦那様は逃げるように執務室から出て行った。

なんとかする？　簡単に言うものだ。

ただでさえ税収減と浪費で財政状況が厳しいというのに、五億もの借金を抱えて、どうにかできるとでも？

もう、終わりだ。ここから持ち直す道などない。待っているのは破産だけだ。

シルドラン伯爵家の人間は自業自得として、領民はいったいどうなってしまうのだ。

ただでさえ苦しい生活を強いられているというのに。

旦那様が伯爵でなくなり王家から管理人が派遣されれば、領民の生活は多少ましになるかもしれないが、それもいつまでも続かないだろう。

……ガーランド辺境伯に、一億オルドを前倒していただけるよう助けを求めるか？

ガーランドは財政にかなり余裕があるはずだ。

だが、辺境伯は名領主であると同時に冷徹だと聞く。契約書に支払日が明記してあるし、難しいかもしれない。

そもそも、それで一億を返済しても残りは四億だ。いずれにしろシルドランにとってどうにかなる金額じゃない。

中途半端に粘るくらいなら、いっそ一刻も早く破産してしまったほうがましかもしれない。シルドランという名前は、おそらくこの国から消えてしまうだろうが……それでも、領民のことを思うなら。

そんな思考を遮るかのように、ノックの音が響く。

返事をすると、部下のイアンが入室してきた。

「ビクター様、どうかなさいましたか？　お顔の色が悪いようですが」

「いや……問題ない。それよりどうした」

「はい。判断を仰ぎたいことがありまして」

「なんだ」

イアンが差し出した書類を見て、私は目を見開く。

なんだと。どういうことだ？　彼女の状況を考えれば、そんなことはあり得ないはずだが。

いや待て。もしかして彼女は……？

そして、もしこの推測が当たっているのだとしたら。

「イアン。この件、許可すると彼女に伝えろ。そして、それに関連して調べてほしいことがある」

「はい」

私は声をひそめ、イアンに〝調査〟を頼んだ。

私の思っている通りなら、まだ多少希望は残っている。

必ず上手くいくとは思っていない。推測通りだったとしても、一か八かの賭けになる。

だが、わずかでも可能性がある限り、それに賭けたい。

破産はまぬがれないにしても、「その方法」がシルドラン領民にとって唯一の救いになるから。

図々しいのも無茶なのも百も承知だ。私のものは何を差し出してもいい、命でさえも。

そうまでしてでも、私は。

このシルドランを、守りたいのだ。

第三章　恋の行方

療養の日々が三週間近く続いて、体の痛みも和《やわ》らいできた。

くしゃみをしても激痛が走らなくなって、歩くことにも不自由を感じなくなってきた。

まだ寝返りは少し痛いながらも、ベッドで過ごす時間は日に日に短くなっている。

お風呂に入れるようになったのもうれしい。

今日は珍しくアルフレッド様が私の部屋にいない。ラナも。

ラナに付き合ってもらう用事があるからと仰っていて、朝食以降二人の姿を見ていない。

そのことを寂しく感じる自分に気づいて苦笑する。

つい数か月前までは、小屋に一人で住んでいたというのに。

やっぱり贅沢には慣れるのが早いのね、人間って。

今日はラナの代わりに、若いメイドのイリスがあれこれ世話を焼いてくれている。

そのイリスを誘って、庭園を散歩することにした。

そろそろ歩かないと、体力が落ちてしまいそうなんだもの。

念のためゆっくりと歩くけれど、特に痛みを感じることもなくほっとする。

廊下に出て少し歩いたところで、警護の騎士が「奥様！」と声をかけてきた。

「もう動かれて大丈夫なのですか？」

「ええ、大丈夫。庭園まで散歩してくるだけです。心配してくれてありがとう。それから……あなたはあの日、屋上にいた人よね？　あの時は私が無謀なことをしてごめんなさい」

「とんでもない！　奥様がいらっしゃらなければ、最初の突進で大きな被害が出ていたでしょう。奥様は勝利の女神です！」

「そ、そこまで……。とにかくご迷惑でなかったのならよかったわ」

「はい、もちろんです！　私たち騎士は終生奥様に忠誠を誓います！」

頬を紅潮させて騎士が言う。

「あっ、引き止めて申し訳ありませんでした。いってらっしゃいませ」

「ええ、いってきます」

その後も何度か警護の騎士とすれ違ったけれど、反応が恐ろしいほど好意的で戸惑った。

いつもの倍以上の時間をかけて、ようやく庭園に到着する。

久しぶりの外の空気はとても美味しく感じられた。

目に映る美しい花々に心が癒される。

ここまで歩いてきただけなのに少し疲れてしまって、庭園のベンチに座った。

そのまましばらく日の光を浴びてぼーっとする。

ふう、気持ちいい。

視界の端に何か動くものが映った気がしてそちらに顔を向けると、訓練所のほうから近づいてくる人影を見つけた。

——カイン卿だわ。

彼は私の前に来ると、すっと頭を下げた。

イリスはそんなカイン卿をポーッと見つめている。

ふふ、素敵な方だものね。

「奥様。体調はいかがでしょうか」

「だいぶ治ってきています。カイン卿のお怪我は？」

「実は私も肋骨にヒビが入りましたが、この通り動けますのでたいしたことはありません。太ももの裂傷も経過は順調です」

「私を守るためにひどい怪我を負わせてしまいましたね。申し訳ありません。私は辺境伯夫人という立場を甘く見ていたようです。私が戦場に出れば、あなたたちは私を守らなくてはならないというのに……」

「とんでもない！　町を守ることができたのは、奥様のご活躍によるものです。私のほうこそ、ずっと謝罪をしたかったのです」

「謝罪？」

彼がその場に片膝をつく。その行動に驚いた。

痛そうなそぶりなど微塵も見せないけど、おそらく怪我はまだ完治していないでしょうに。

「お守りできず、怪我をさせてしまい申し訳ありませんでした」

彼が深々と頭を下げる。

「どうか頭を上げてください。怪我をされているのですから、そのように膝をついてはいけません。私が勝手に乱入しただけなのです、カイン卿は何も悪くありません」

「いいえ、これは私の失態です」

「どうかそのようなことを仰らないでください。困ってしまいます。戦場に出る以上、性別も身分も関係ありません。謝罪されると私も罪悪感にさいなまれますから、どうか」

カイン卿が顔を上げる。

「承知いたしました。奥様を困らせたいわけではないので、謝罪はこれまでにいたします」

「ええ。そうしてください」

彼がようやく立ち上がってほっとする。

「胸も脚もまだ痛むでしょう。こちらにお掛けになってください」

ベンチの端に寄る私を見て、カイン卿が優しい笑みを浮かべる。

「日頃から鍛えておりますし、傷はもう平気です。お心遣い感謝いたします」

彼の立場を考えれば、辺境伯夫人の隣に座るのは憚《はばか》られるだろうし、あまりしつこく怪我を気遣うと騎士としてのプライドをかえって傷つけてしまうかもしれない。

「わかりました。ではつらくなったらお掛けになってくださいね」

「ありがとうございます。しかし……奥様のクロスボウの腕前は本当にお見事です。神話に出てくる弓の女神のようでした」

「いえそんな。褒めすぎです」

また女神と言われてしまった。

褒められすぎるとおしりのあたりがムズムズする。

「本心です。それに、……その眼……」

魔眼のことを言いたいのね。

カイン卿がイリスに視線をやる。

彼女は真っ赤になった。

「君、あちらに咲いているアレインの花をとってきてくれないか？　枕元に置いておくと安眠の効果があるんだ。いくつかを束にして花瓶に入れて飾っておくと、奥様の安眠に役立つと思う」

「は、はい、承知しました」

イリスが私から離れてアレインの花のところに行く。

少し離れてはいるけれど姿が見える距離だし、相手はカイン卿だから何の心配もしていないのだけど、ラナなら私から離れないだろうなとなんとなく思った。

「私に何かお話が？」

「さすがは奥様です。鋭くていらっしゃる」

私から少しだけ離れて立っていたカイン卿が、一歩私に近づいた。

「……以前、妙な噂を耳にしました」

声をひそめて彼が言う。

「噂、ですか」

彼は小さくうなずき、そのまま視線を伏せた。

「団長と奥様は、書類上だけの結婚ではないかと……」

「！」

驚いてカイン卿を見上げる。

いったいどこからそんな話が。

「噂はそこまででしたが。私は団長が結婚に関する法律の撤廃に尽力していることを知っています。それがそう遠くないうちに実現しそうだということも。だから、書類上だけの結婚だとしたら……期限も決まっているのではないかと考えました」

あの日、私が必死に弓術を習得しようとしていることに言及したのは、その推測を確信に変えるためだったということかしら。

そして「頼ってくれ」と言ったということは、彼の中で噂は真実なのだと答えが出たということなのかもしれない。

いずれにしろ。

「副団長殿が気にされるようなお話ではありません」

あえて副団長殿と呼ぶ。

騎士団の副団長にとって、辺境伯夫妻の結婚の内情は関係のない話。

少し厳しい言い方だけれど、そういう意味を込めて言った。

「ふ、優しげなのに厳しい面もあるのですね。そういうところも尊敬いたします。ですが、結婚に関しては事実のようですね。隠し事はお上手ではないようだ」

「……」

あっさりと見破られ、言葉を失う。

彼は個々の良いところを上手に褒めて成長させるタイプなのだと、アルフレッド様が以前仰っていた。

洞察力に優れている人なのかもしれない。それとも私がわかりやすすぎるのかしら。

「仰る通り、私は騎士団の副団長に過ぎません。そして団長……アルフレッド様はお仕えすべき主で、心から尊敬しています。本来なら、その奥様にこんなことを言うのは許されざることです。ですが、騎士団見学に訪れたあなたを初めて見た瞬間……ふと考えてしまったのです。もし噂が事実なら、と」

なんとなく彼の言いたいことがわかってしまった。

動揺したけれど、つとめて冷静を装う。

ただ、何を言ったらいいのかわからず、言葉が出てこない。

「噂をあらかじめ聞いていなければ、何か違ったのかもしれません。あなたの笑顔も、懸命に取り組む姿も、勇敢さも芯の強さも……それがいかに心乱されるものであったとしても、決して手に入らない高嶺の花なのだと割り切れたのかもしれない」

「カイン卿。どうかおやめください。このような話をすべきではありません」

切なげでどこか熱を感じさせる視線も、情熱的な言葉も、自分にとってはあまりに不慣れなもので、ずっと心臓が激しく脈打っている。

息苦しさを感じ、思わず下を向いてしまった。

「強引だという自覚はあります。それでも、わずかな望みにすがらずにはいられないのです。あなたの気持ちが今私になかったとしても、この結婚の期限が決まっているのだとしたら」

「カイン卿。これ以上はいけません」

彼の言葉を遮り、顔を上げてしっかりと目を合わせる。

見上げた彼は苦しさと切実さが入り混じった表情を浮かべていて、少し胸が痛んだ。

「あなたは立派な騎士です。どうかこれからもアルフレッド様のお傍でご活躍ください」

カイン卿がうつむく。

やがて彼は自嘲気味に小さく笑った。

「……やはり、騎士道に背くようなことをこそこそとするものではありませんね」

ささやくようなその声は、ひどく聞き取りづらかった。

「あなたの心が誰に向いているのか、本当は気づいていました。私を受け入れることはないであろうことも。それでも、一度抱いた夢を……欲望を、そのままなかったことにできませんでした。お心を煩《わずら》わせて申し訳ありません」

「……」

「どうか今の話はお忘れください。これからは騎士としての本分を忘れるような真似はいたしま

せん」

「……ええ」

彼が笑みを浮かべる。

自嘲の色は消えているけれど、やはりどこか悲しそうに見えた。

「奥様。私が前に進むために、最後に一つだけお聞かせ願えますか？」

風が吹く。

カイン卿の吐息のような声をかき消すように。

私は、彼の問いに笑みを浮かべた。

◆　◆　◆

ラナとともに用事を済ませフローラの部屋に戻ると、彼女はいなかった。

近くにいた騎士に聞くと、メイドを連れて庭園に散歩に出たという。

もうだいぶ歩けるようになったんだな、と安堵する。

だが無理をしていないだろうか？

彼女は無茶をするところがあるから、途中で痛みのあまり動けなくなっていたらと心配になってきた。

ラナとはそこで別れ、俺は手に持っていた箱を自室に置いて庭園に向かうことにした。

そこで見た光景。

ベンチに座るフローラと、その前に立つカイン。

二人は向かい合っている。

なぜ二人きりでいる、メイドはどうした。

そう思って探すと、少し離れた場所で花を摘んでいた。

のんきに何をやっているんだ。ラナなら離れはしないのに。

二人とも真剣な顔をしている。

特にカインがフローラに向ける顔はひどく切なげで、男の俺ですら色気を感じるほどだった。

二人の声がかすかに聞こえてくるが、何を言っているかまではわからない。

特にカインは声を抑えているのか、ひどく聞き取りづらい。

カインがフローラに何かを問いかけた、気がする。風の音でさらに聞こえない。

……いや、聞こえなくていいんだ。

この状況を見て心穏やかではいられないが、やはり盗み聞きは良くない。

踵《きびす》を返そうとしたそのとき、フローラが顔を上げてカインを見た。

そのまま二人は見つめ合い——彼女がふわりと笑った。

俺が心惹かれてやまない、目じりが優しく下がるあの笑顔。

そして彼女が言った言葉が、はっきりと聞こえた。

「愛しています」

と。

雷にでも打たれたような衝撃が走り、ふらふらとその場を離れる。

頭がガンガンと痛い。

どこをどう歩いてきたのかもわからず、気づけば自室のソファに身を投げ出すように横になっていた。

ちらりとテーブルの上の箱が目に入る。

それを握りつぶしたくなる衝動をかろうじて抑えた。

――愛していますと、フローラは言った。

カインが告白したのか。

あいつが彼女に気があるのではないかと疑ってはいたが、まさか人妻に告白するとは。

モテはするが不誠実な男ではなかったはずなのに。

……噂と、以前言っていたな。

あの時、カインはフローラに困ったことがあったら自分を頼れと言っていた。

もしかして、俺たちが本当の夫婦ではないという噂が流れているのか？

だからカインがフローラを手に入れようと動いた？

そして……フローラは受け入れたというのか。

あの愛らしく美しい笑みをカインに向け、愛していると……。

いや、もしかしたら聞き間違いかもしれない。ただの勘違いかもしれない。

思い込みで行動せず、確認すべきだ。

それに、たとえフローラの気持ちがカインに向いたのだとしても、俺に責める資格などない。

もともと一年で終わる契約結婚としてここに来てもらったのだから。

先日ずっとここにいてほしいと伝えたとはいえ、俺は自分の気持ちすら告げていない。

そもそも気持ちを伝えたところで断られることだって想定していた。

だから彼女の体の痛みが引くのを待った。負担をかけたくなかったから。

俺はフローラにすべてを捧げると心に誓った。

それは彼女の気持ちが俺になかったとしても変わりないことだ。

そう思うのに。

頭では、そうわかっているのに。

フローラがカインに向けたあの表情が、あの言葉が、頭の中を何度も駆け巡る。

黒い気持ちに支配され、自分の中に潜む凶暴な感情が暴れだしそうになる。

フローラは俺の妻だ、俺のものだと心の中で何度も叫ぶ。

妻は夫のものなんかじゃないと思う理性すら追いやって、強烈な独占欲が自分の中に渦巻いている。

フローラを、誰にも渡したくない。

今俺のことを好きじゃなくてもいい。彼女の気持ちを何年でも待つ。

だがほかの男に奪われるのだけは許せない。

あの瞳も、髪も頬も唇も華奢な体も。すべては俺の……！

不穏で身勝手な思考を無理やり遮るように、目元を手で覆う。

己の醜さに愕然とした。

初恋というのはこうも人を乱すものなのか。それとも俺が異常なのか。

冷静になれ。

どんな結果でも、俺は受け止めなければならない。

他の要因があったのだとしても、今のこの状態を作ったのは俺自身なのだから。

フローラにはなんの罪もない。俺がずっと中途半端だっただけだ。

俺は彼女を幸せにすると決めたんだ。たとえその幸せの中に俺がいなくても。

……大丈夫だ。

少しだけ時間をかければ、心からそう思えるようになる。

そうして理性を取り戻しつつあったそのとき。

隣の部屋の扉が開いて閉まる音と、軽い足音、そしてフローラとメイドの声が壁の向こうから聞こえてきた。

少ししてメイドが退出の挨拶をして出て行く。

再び心がざわめいた。

落ち着きかけていた感情がまた暴れだす。

だめだ、冷静になれ。

今、フローラに会いに行ってはいけない。

もう少し頭を冷やしてからだ。冷静さを欠いた状態で会ってもろくなことにはならない。

そう、思ったのに。

扉から響くノックの音。

俺は、扉を開けてしまった。

そこに立つフローラを見て、黒いものが胸の奥でぞわりとうごめく。

「アルフレッド様が戻られたと聞いて。申し訳ありません、たいした用事もないのに。ただ、この通り普通に歩けるようになったのだとお伝えしたくて」

「ああ……」

あいまいに返事をして、彼女の手を取る。

そのままそっと手を引くと、彼女は素直に俺の部屋に入ってきた。

「アルフレッド様……？」

戸惑う彼女の顔が、すぐ傍に。

そんな表情も愛おしい。

これから仕事があるとでも言って会話を終えて扉を閉めればよかったのに、なぜ俺は彼女を部屋に引き入れてしまったのだろう。

俺はどうしたらいい？

カインに告白されたのか、カインを本当に愛しているのかを確認する？

確認して、カインを愛しているのだと目の前で言われたら、俺は冷静さを保つことなどできるだろうか。

冷静でいられないのなら、彼女を部屋に戻すべきだ。もしくは自分が執務室にでも行くべきだ。

そう思っても、言葉が出てこない。

俺を見上げるフローラ。

初めて愛した人。

彼女が望む形で幸せにしたいという思いと、誰にも渡したくないという欲が交差する。

だめだ、先走りすぎている。

まだ彼女の気持ちすら確かめていないというのに。

ああ、だが。

フローラがカインを愛しているのだとしても、やはり俺のこの気持ちをなかったことになどできない。

静かに身を引くなんて、できるはずもない。

フローラ。愛しい俺の妻。

俺は——。

◇　◇　◇

本当は、動揺していた。

カイン卿とあんな感じになってしまって、ひどく落ち着かない気持ちになった。

だから用事もないのにアルフレッド様のお部屋の扉をノックしてしまった。

ただ、お顔が見たくて。

けれど、いつもの彼と何かが違う。

手を引かれるままに部屋に入ってしまったけれど、なぜか彼の様子に漠然とした不安を覚える。

なぜ、何も仰らないの？

「……フローラ」

重い沈黙を破り、ようやく彼が口を開いた。

「はい」

「傷は……もう痛まないのか」

「はい、だいぶよくなりました。歩くだけでしたらもう大丈夫そうです」

「そうか……」

私を気遣うようなことを言いながらも、彼は昏《くら》い目をしている。

どうしたのかしら。なぜか緊張してしまう。

「アルフレッド様？　あの……」

私の言葉を遮るように、彼が私の頬にそっと手を当てる。

その行動に驚いた。

アルフレッド様が何を考えているのかわからず、彼の指が私の頬をするすると撫でても、私はただされるがままにじっとしていた。

「君は……美しいな」

「えっ⁉」

唐突にそんなことを言われて、思いきり動揺する。

大きな手が私から離れた。

そして彼が苦笑する。

「君は美しい。容姿だけでなく、その心も」

「あの……？」

「嫉妬のままに行動するのも、拗《す》ねて決意を翻《ひるがえ》すのも、子供のやることだ。そんな男では、君の隣に並び立つどころか気持ちを伝える資格すらない」

「……？」

アルフレッド様は私の目の前で片膝をついた。

そして私の手を取る。

「ア、アルフレッド様？」

「フローラ、愛している。どうか俺の本当の妻になってください」

……えっ。

今、アルフレッド様は、……愛していると言ったの？

驚きのあまり言葉がとっさに出てこない。

「俺の一方的な都合を押し付けて始まった結婚だ。こんなことを言う資格は俺にはないのかもしれない。だが、俺はフローラを心から愛している。ずっと一緒にいたい。君が許してくれるなら、人生の最後まで共に歩んでいきたい」

「……っ」

心臓が、痛いくらいに激しく動いている。

泣き出してしまいそう。

「君の眼も魔力も何も関係ない、君自身が欲しい。今ほかの男を好きでも構わない。どうしても俺を受け入れられないなら、その時はただ君の幸せを考えると約束する。だが、君がもうあきらめてくれと言うまで、俺は何年でも待つ」

一年で離れなければならないと思っていたから、気持ちを抑えてきた。

別れがつらくならないよう、好きにならないようにしてきた。

でも、恋する気持ちを止めることはできなかった。

ここにずっといてほしいと言われただけでもうれしかったのに、同じ気持ちを抱いてくださっていたなんて。

幸せすぎて、なんだか夢を見ているみたい。

「アルフレッド様」

跪《ひざまず》いたままの彼が顔を上げる。

その瞳は不安に揺れているようだった。

「私も愛しています。ずっとお慕いしていました」

彼の目が大きく見開かれる。

その深い緑色を、とてもきれいだと思った。

「え、あ、いや……本当に？」

あまりに予想外な返答に首を傾げる。

情熱的かつ甘い雰囲気は消え、なんとも言えない空気になった。

「なぜお疑いに？」

彼が立ち上がる。

「いや、その……。君はカインを好きなのではないかと」

「いい方だとは思いますが、カイン卿に心が揺れたことはありません」

「だが、先ほど愛していると」

そこでアルフレッド様がはっと口元を押さえる。

彼が庭園での会話を聞いていたのだとわかった。

それならなぜ、私が愛しているのはカイン卿だと思ってしまったのかしら。

「アルフレッド様は色々と誤解なさっています。もしかしてお聞きになったのはその言葉だけで、前後の会話を聞いていらっしゃらなかったのではありませんか？」

「……たまたま聞こえたのがその言葉で……君がカインに笑みを向け、そう言っていたから……」

会話を聞いていたことへの罪悪感や羞恥心からか、彼がうつむく。

しどろもどろに答えるアルフレッド様を、かわいいと思った。

「あれは……カイン卿がアルフレッド様を好きなのかとお聞きになったので、愛していますとお答えしたのです」

「……！」

アルフレッド様が赤くなった顔を上げる。

つられて私も赤くなった。

「ですから、カイン卿とは何もありません。私はずっと……アルフレッド様が……」

「信じられない。いや、君を疑うわけじゃなく、こんな……初めて愛した人に愛してもらえるなんて幸運があるのかと……」

「アルフレッド様……」

その言葉に、じわりと胸が熱くなる。

「すまないフローラ、少しだけ待っていてくれ」

「？　はい」

アルフレッド様がテーブルまで歩いて行く。そこにあった白い箱の蓋を開けたように見えた。

戻ってき彼が手に持っていたのは、美しい花冠《はなかんむり》だった。

子供が作るようなものではなく、青、紫、黄色の花と葉が複雑に絡み合う、それは見事なものだった。

「とても素敵な花冠ですね」

「恥ずかしながら、俺が作った。君をイメージしながら」

「ええっ⁉」

「さすがになんの知識もなく一人でこれを作るのは無理だから、花が美しく咲く場所にラナに一緒に行ってもらって、教えてもらいながら作った」

　ラナの指導はなかなか厳しかったな、と彼が苦笑する。

「ずっと考えていた。君に何か贈りたいが、何がいいかと。金で買えるものでも悪くはないが、自分の手で何か作りたいと思っていたんだ。君が俺の誕生日に精一杯できることをしてくれたように」

　彼が私の頭に花冠をそっとのせてくれる。

「ああ、美しいな。フローラは花がよく似合う」

「……」

「本当は渡してから告白しようと思っていたが、君が俺を振ったときに罪悪感が増してしまうだろうと」

「……」

「フローラ？」

「ありがとう、ございます、アルフレッド様。本当に……本当にうれしいです」

ぽろ、と両目から雫がこぼれる。

次々とあふれてくるそれは、私の頬を温かく濡らした。

「フ、フローラ。大丈夫か？」

「はい、大丈夫です。ただ幸せすぎて。怖いくらいに、幸せすぎて」

幸せでもこんなに涙が出るんですね、と泣きながら笑うと、アルフレッド様が私を優しく抱きしめた。

「愛しい。女性に対してこんな気持ちになる日がくるとは思っていなかった。俺も幸せすぎて怖いくらいだ」

「アルフレッド様……」

「もっと早くに俺の気持ちを言えばよかった。俺と結婚してからずっと不安だっただろう。本当にすまない」

「いいえ、不安はありませんでした。ただ、アルフレッド様と離れるのを寂しく思っていました」

私を抱きしめる腕の力が、少しだけ強くなる。

「アルフレッド様？」

「愛おしすぎて死にそうだ」

「ふふ、アルフレッド様ったら」

彼が私の髪を優しく撫でる。

その心地よさに体の力が抜けそうになった。

「そういえば、こうして私を抱きしめていても平気なのですか？」

「ああ。君限定かもしれないが、恐怖感も不快感も少しもない。むしろ心地いい」

「よかった、かなり症状が改善したのですね」

「ほかの女性に対してはわからないが、君に対してはそうだろう。君にだけ触れられればそれでいい」

彼が体を離す。

もう少しこうしていたかったという思いが頭をかすめて、そんな自分に驚いてまた頬が熱くなった。

「体も本調子ではないのにずっと立たせていてすまない。ソファに掛けてくれ」

「はい」

アルフレッド様が私を支えながらソファにそっと座らせてくれる。

花冠をいったん箱に収め、彼も隣に座った。

「……そういえば」

「はい」

「蒸し返すようで悪いが……カインは君に対して……」

私は話を遮るように首を振った。

「カイン卿は忠実な騎士です。今までも、これからも」

あいまいなこの言葉に、様々な意味をのせて言う。

「そうだな」

少しの沈黙のあと、アルフレッド様がそう言った。

それ以上、カイン卿については聞いてこなかった。

私がカイン卿にアルフレッド様を愛していると告げたあと、彼はやはり団長には敵わないと苦笑した。

アルフレッド様のことを、誰よりも努力家で、勇敢で、不器用ではあるけれど優しすぎるほど優しい人だと言っていた。

敵を恐れず先陣を切り、ときに一介の騎士をかばって怪我をするようなあの方に、最初から敵うはずがありませんでしたと。

許されざる恋心に溺れてそんなお方に仕えられる幸せを忘れるところでした、とつぶやく彼の横顔は寂しそうで、胸が痛んだ。

けれど、「これからはただの奥様のファンに戻ります。騎士団は奥様のファンであふれかえっていますよ」と片目をつむる彼に、少し笑ってしまった。

引き際も見事だと思った。

回想をやんわりと遮るように、アルフレッド様が私の肩を優しく抱き寄せる。

壊れ物を扱うように優しく触れられると、頭がくらくらするほど心地いい。

肩に触れていた手が髪に移って、何度も優しく髪を梳《す》かれる。

見上げると、目が合った。

彼の顔が少し近づいて、ためらったように止まる。

私は受け入れの意を示すように目を閉じた。

大きな手が優しく頬に添えられ、唇が触れ合う。

緊張と幸福感と羞恥心と心地よさがごちゃ混ぜになって、頭の中をぐるぐるしていた。

唇が離れ、そっと目を開ける。

私を見つめる彼の目が熱を帯びている気がして、またドキドキした。

「愛する女性に口づけるというのは、こんなに幸せな気持ちになるものなんだな」

「私も同じ気持ちです」

ふわふわと、夢見心地のまま答える。

アルフレッド様が優しい微笑を浮かべた。

「愛している、フローラ。これから少しずつ本当の夫婦になっていこう」

「はい」

うれしくてうれしくて、笑みと涙が同時にこぼれる。

濡れた頬をぬぐってくれる手が温かくて、またうれしさでいっぱいになった。

◆　◆　◆

目の前には、満面の笑顔を浮かべながら紅茶を淹れているシリル。

左側には、俺の机に対して直角に設置された机の椅子に座って微笑んでいるオウル。

そろそろ、この状況が耐えがたくなってきた。

「二人ともいい加減その顔をやめろ」

さすが祖父と孫だ、その笑顔がどこか似ている。

「いやはや……こんなにうれしいことはありませんで、ついつい頬が緩んでしまいます」

「いやー僕は最初からこうなると思っていましたよ。案外時間がかかったなと思ったほどです」

この二人にフローラに告白したこと、受け入れてもらったことを話すんじゃなかった。

いや、領地に深く関わることだからいずれ話さなければならないことではあるが。

くそ……照れくさいし居心地が悪い！

「本当にお似合いのお二人だと思います。性格も、血筋や能力までも。まさか奥様が魔眼までお持ちだったとは。いやー本当に驚きましたよ」

シリルが笑顔で言うが、皮肉だとわかっている。

魔眼のことを知れば、シリルはなんとしてでもフローラを俺の傍に置こうとするだろうから黙っていたが、それに対してちくちくとつつくつもりのようだ。

「まさか、僕が奥様を無理やりここにつなぎとめようとすることを危惧して黙っていらしたんですか？　僕って信用ないんですねえ。そんなにひどい男だと思われていたなんて」

「信用していないわけじゃない」

　腹黒いと思っているだけだ。

　オウルが「そんな性格だから秘密にされるんじゃ」とさらりと言う。

「じいちゃんまでひどいなあ」

　悲しそうな顔を作りながら、シリルが俺の机の上に湯気の立つティーカップを置く。

　俺はそれを一口飲んだ。

「ところで昨夜は奥様と一緒にお休みに？」

「ゴフッ！」

　シリルの遠慮がなさすぎる質問に思いきりむせる。

　書類を机の上に出す前でよかった。

　いや書類が出ているときに飲み物を飲んだりはしないんだが。

「ゴホッ……なんてことを言うんだ」

「その様子ならまだですね。残念です」

「いくら幼馴染でも突っ込みすぎだ。いちいち人に言うことでもない」

　ハンカチで口元をぬぐう。

　もちろんフローラに刺繍をしてもらったハンカチじゃない。

常に胸ポケットに入れてあるが、汚すのが嫌でもう一枚汚れてもいいものを持ち歩いている。

「無粋じゃぞ、シリル。そういうのは静かに温かく見守って差し上げるものじゃ」

さすがオウル、年の功だ。

「そもそもフローラの傷も完治していないんだ。告白を受け入れてもらったからといって、いきなりそんな欲望丸出しなことができるか」

「それもそうですね。失礼しました」

「そうじゃそうじゃ。まだキッスしかしていないんだから焦《あせ》らせるでない」

頬にかっと熱がのぼる。

うほほ、とオウルが笑った。

なんでわかった、くそ！

「お前らいい加減にしろ。……結婚式すらおざなりに済ませてしまったから、今度はちゃんと手順を踏んでフローラの気持ちを大事にしていきたい。まずは王宮の舞踏会に出て、そこで妻として正式に披露する」

「いいですね。女性嫌いだったご主人様の突然の結婚を契約結婚じゃないかと疑っている貴族もいるでしょうから、いちゃいちゃしているところを目の前で存分に見せつけてきてください」

「……そうだ、契約結婚。俺とフローラが契約結婚だという噂が城内であったようなんだが」

「はい。僕の不手際です、申し訳ありませんでした。対処は終わっています」

シリルが頭を下げる。

「どういうことだ。詳細を話せ」

「契約結婚というよりは、籍を入れただけで夫婦としての実態がないという内容だったようです。ご主人様と奥様のお部屋の掃除係のメイドが噂の発信源でした。ご主人様の女性嫌いは有名でしたし、まあ……色々と痕跡がなかったのでそういう話が出たんでしょう」

生々しい話だのう、とオウルがつぶやいて、ようやく痕跡云々がどういうことかを理解した。

「ただ思っていたよりも話は広がっておらず、偶然メイドたちがその話をしているのを聞いたカイン卿が、うまいこと口止めをした上で僕に知らせてくれました」

もしかして、フローラと狩りをしたあの日、カインがメイド二人と話していたのがそれだったのか?

カインには感謝しなくてはならないな。

その噂を聞かなければ、カインのフローラに対する気持ちも違ったものになっていたのかもしれないと思うと、複雑ではあるが。

いずれにしろすべて俺が招いた事態だ。

あいつにも悪いことをした。

「その噂の元になったメイドたちは脅……色々と言い含めてから解雇し、使用人すべてに今一度気を引き締めるよう言い聞かせています」

「なぜ事後報告になったんだ?」

「ここのところずっとお悩みだったご主人様を、変に焦らせたくはありませんでしたので……。

申し訳ありません」

シリルが申し訳なさそうな顔で、もう一度頭を下げる。

俺を思ってのことだとわかっているから、責めるつもりはない。もともと使用人に関することはシリルに一任してある。

領主夫妻に関してそのような噂が出るのは当然好ましくないが、女性恐怖症と違って知られて致命的というほどではない。

俺たちが仲睦まじい様子を見せていけば、その疑いも晴れていくだろう。

「対処が終わっているなら別にいい。そろそろ今日の業務を……」

ノックの音が響いて顔を上げる。

入ってきた使用人が、俺に来客を告げた。

「来客の予定はないけど。先ぶれもなく来たってこと？　誰？」

シリルが使用人に問う。

「シルドラン伯爵グレイグ・アストリー様のもとで家令として働いている者だと名乗っています」

「……何？」

シルドラン伯爵の、家令だと？

なぜここに来た？　妻の実家で働いている者とはいえ、本来なら関わることなどない立場の人間だ。

ましてやフローラの実家などあの通りだし。

伯爵に何かあったのだとしても、フローラに害さえなければ死んでいようがどうでもいいし、そもそも家令が直接来る意味がわからない。

だが、伯爵に代わって領地を切り盛りしてきたという家令だ。意味もなく来たとも思えない。

「応接室……いやここに通せ」

「かしこまりました」

　しばらくして、五十歳くらいの白髪まじりの痩せた男が入室してきた。

「突然の訪問、申し訳ございません。シルドラン伯爵家で家令を務めております、ビクターと申します」

「たしかに突然だな。伯爵家の家令が私に何の用だ？」

　男は小刻みに震え始めると、その場に膝と手をついた。

　シリルとオウルは黙ってその様子を見ている。

「このようなこと、お願いするのは筋違いと存じております。ですが……どうか、シルドランの領民をお助けください」

「どういうことだ」

「旦那様が……投資詐欺にあいました。王立銀行から領地を抵当に五億オルドを借りてすべて投資につぎ込みましたが、それが詐欺で全額を失いました……」

　あまりに馬鹿げた話で、理解するのに数秒を要した。

「なんだそれは。領地を抵当に金を借りて詐欺にあった？　阿呆すぎて話にならないな」

床についているビクターの手が震えている。

「旦那様は魔石採掘の投資話をハデルン伯爵に直接持ちかけられたと話していましたが、似た男を使った詐欺だったようです。ハデルン伯爵に確認して発覚しました。確認してみれば偽ハデルン伯爵に声をかけられたのは賭博場で、最初から旦那様が標的にされていたのではないかと……」

馬鹿馬鹿しくて笑いも起きない。

たしかに、ハデルン伯爵領に魔石鉱脈がありそうだという話は実際にある。

だが正式な調査も終わっておらず、おおまかな埋蔵量すらわかっていない。

そんな状態で採掘や投資の話など出るはずもない。

今まで伯爵として何をどうやってきたら、領地の命運をかけてそんなうさんくさい話に乗るというんだ。

ああ、丸投げだったな、そういえば。それなら最後まで投げておけばよかったものを。

馬鹿な領主を持った領民は気の毒だな。まさか領地を丸ごと抵当に入れるとは。

ガーランドや国境地域など国の要所にあたる領地は勝手に抵当に入れたりはできないが、それ以外の領地では可能だから、そうして金を借りる領主もいないわけではない。

だがそれは領地運営に必要な資金を得るための苦肉の策だ。

そのまま立て直せず領地を手放す者もいるが、詐欺師にすべて持っていかれた領主は初めてだろうな。

その手の詐欺を働く者は素早さが命だ。

とっくに国外に逃げていて、行方を追うのはほぼ不可能だろう。

「念のため確認だが、オウル。王立銀行で領地を抵当に金を借りて返せない場合は、領地と爵位を失い、領地は王家管理となるな？」

「仰る通りです」

「そして王家から領地の管理人が派遣されることになる、と」

「はい。まさか領地ごと放っておくわけにもいきませんから、そうなりますな。まあ無難に管理をすることになるでしょう」

「その後は？」

ふむ、とつぶやいてオウルが顎髭《あごひげ》を扱《しご》く。

「土地を切り売りされるか、誰かが新たな領主として任ぜられるか。しかし今は戦争もありませんから、新たに領地を与えられるほどの手柄を立てる人もなかなかおりませんし、こう言ってはなんですがシルドラン伯爵領は魅力のある土地ではないので、褒美としては微妙ですなあ」

「なら分割され売られるのが妥当な線か。王家とていつまでも持っていたい土地ではないだろうしな」

シルドラン伯爵領は立地に利点がない上に、面積も狭く土地も痩せている。

だから抵当に入れても五億程度にしかならなかったのだろう。

利益を出せる土地にしようとすれば、大がかりな改革が必要だ。つまり金がかかる。

当然、王家にとっても魅力はない。

領民もちらほらと逃げ出している状態で、そこから無難に領地を運営していったとしても、五億を取り戻せるまで何年かかるか。

爵位が欲しい金持ち商人がいたとしても、シルドランを丸ごと買えば伯爵になれるというものではない。

爵位は王から与えられるものだ。

せいぜい切り売りされた土地を商人が爵位ごと買って、男爵となるくらいか。

王家の許可はいるが、男爵の地位なら金で買うことも不可能じゃない。

「どの規模で分割するかはわからないが、まさかシルドランすべてがいくつかの男爵領になるわけではないよな？」

「ガーランド含むシルドラン周辺の領主に、分割された隣接地を買って領地に組み込むことを王家が勧めてくる可能性もありますな。それを領主が買うかどうかは別として。まあ王家がどう出るか、蓋を開けてみねばわからぬ部分もあります」

「いずれにしろシルドラン領民の間では少なからず混乱が起きるだろうな。……で。伯爵家の家令殿は、シルドランのそんな運命を避けるために私に伯爵に対して金を貸せとでも？　領民が汗水たらして働いて納めてくれた大切な税金を、穴の空いた器に流し込む気はないんだが」

「いいえ。どうか……どうか辺境伯様がシルドランをお買い上げくださいませんでしょうか⁉」

ビクターが床に頭をつける。

何を言い出すんだ、この男は。

「つまり。私が王立銀行に五億支払い、王家から許可をもらってシルドランの領主になれと？」

「……仰る通りでございます。功績からしても、辺境伯様なら王家からも認められるのではないかと……。このようなお願い、ご迷惑でしかないこととわかっています。ですが」

「ああ、迷惑だ。手に入れたところで向こう数年は赤字にしかならない狭い領地を買い、領地が広がることで諸侯に無駄に警戒され。何一つ私にメリットがないというのに、それでも五億を払い王家に頭を下げてシルドランを買えというのか」

壁際に立つシリルは、冷めた目でビクターを見下ろしている。

オウルの考えは、表情からは読み取れなかった。

「領地が隣接していてガーランドが豊かだからといって、図々しいにもほどがある」

俺は立ち上がり、ビクターの傍までゆっくりと歩いていく。

「いくら妻の出身地であっても、シルドランに何一つ思い入れはない。私が守るべきはシルドランではなくガーランドだ。そもそもお前は私に頼み事ができる立場か？」

目の前に立っても、ビクターは頭を上げなかった。

「シルドランの屋敷でフローラを助けたのは、マリアンだけだったと聞く。フローラが苦境に立たされているとき、お前は何をしていた？」

「……何もしておりません。家令の地位にしがみつくため、見て見ぬふりをしておりました」

「そんなお前の頼みが聞き入れられると、本気で思っているのか」

「思っておりません。ですが、領民を救うには辺境伯様におすがりするしかありません。私はどうなっても構いません。命をお望みでしたらそれも差し出します。これ以上領内が乱れてしまっては、領民はもう生きてはいけません。どうかお願いです、どうか……！」

その物言いに呆《あき》れる。

なんで俺がこの男の命なんて欲しがらなければならないんだ、馬鹿馬鹿しい。

「お前の命などもらっても何の役にも立たない。フローラが負担に思うだけだ。今、伯爵は？」

「伯爵領の屋敷にいます。夫人が王都から戻ってくるのを待っています」

「破産届は？」

「まだ出していません」

「話にならないな。私に救いを求める前にすぐにでも破産届を出させろ。金利分の借金が膨らむだけだ」

「仰る通りでございます」

「話は以上だ。シルドランの屋敷に戻れ」

ビクターが顔を上げる。

何かを言いたそうに口を開きかけたが、再度頭を下げた。

「……承知いたしました。お時間をとらせてしまい申し訳ありませんでした」

ビクターが立ち上がり、静かに出ていく。

思わずため息が漏れた。

「まさか願いを聞いてやるおつもりですか？」

「執事が口を出すことではないぞ、シリル」

オウルにたしなめられ、シリルが黙る。

別にビクター個人の気持ちはどうでもいい。

領地経営を丸投げされていた家令が、その地位を失い領内が乱れることを危惧してのことだったとしても、フローラを見捨てていたことに変わりはない。

だが、なんの罪もない領民は哀れに思う。

領主が無能なせいで今までさんざん苦しめられてきたのに、今後さらに苦しむことになるのだから。

王家の管理下にあるうちは以前よりましかもしれないが、切り売りされればあまりいい結果になるとは思えない。

だが俺はガーランド辺境伯として、自分の領地のことを第一に考えなければならない。

ビクターに言ったように、俺が守るべきはガーランドでありシルドランではない。

さて……どうしたものか。

◇　◇　◇

アルフレッド様は最近仕事が忙しいらしく、昨日も一昨日も夕食以外は執務室にこもりきりだった。

でも今夜は私の部屋にいらっしゃるとのことで、うきうきしながらソファで待つ。

恋人同士ってみんなこんな感じなのかしら。

夕食時に会ったばかりだというのに、またすぐに会いたくなってしまう。

顔が見たくて、声を聞きたくて、手に触れたくて……。

男性に対してこんな風に感じる自分が、なんだか不思議だわ。恋ってこういうものなのかしら。

ノックの音が聞こえて、鼓動が早まる。

返事をしつつ扉に近づくと、アルフレッド様が部屋に入ってきた。

そしてそっと私を抱きしめる。

同時に押し寄せてくる、幸福感とわずかな気恥ずかしさ。

「昨日一昨日と夜に話す時間がなかっただけで、長いこと離れていたような気持ちになってしまう。そんな自分が不思議でならない」

私と同じようなことを彼も考えていたのだとわかって、笑みがこぼれた。

「私も同じ気持ちです。恋って不思議なものなのですね」

「そうだな」

少し照れた様子の彼を見て、私も照れてしまう。

なぜだかわからないけど気まずくなって、誤魔化すように「お掛けになりませんか？」と声をかけた。

「ああ、そうしよう」

二人でソファに座り、ぽつりぽつりと会話をする。

以前と違うのは、腕が触れ合うほどの近い距離で座っていること。

腕からかすかに伝わる体温が、心地いい。

「そういえば。花冠を押し花にして飾ってくれたんだな」

壁に掛けてある額縁を見ながら、彼が言う。

「はい。アルフレッド様が作ってくださったものですから、そのまま枯らしてしまうのはもったいなくて」

「あの日の自分を思い出して少々照れるが、大事にしてくれてとてもうれしい」

花が少ししおれてきたとき、ラナに手伝ってもらって一つ一つ押し花にした。

その押し花を、なるべくもらったときのイメージに近づくよう、花冠の形に並べて額に入れて飾った。

壁に飾られた花冠を見るたび、とても幸せな気持ちになる。私の宝物だわ。

笑みを浮かべる私を見て、彼もまた優しく微笑んだ。

そして私の肩をそっと抱き寄せる。

そういえば、こうして近い距離で座って会話したり抱きしめたりしているけど、恐怖症はもうすっかり治ったのかしら？

そう思って彼のほうを見ると、考え込んでいるような様子だった。

もしかして同じことを考えているのかしら。

でも、私から恐怖症について何度も言及するのはよけいなプレッシャーになってしまうかもしれないので、ただ言葉を待つ。

「……フローラ」

「はい」

「俺は君に触れても、今では少しも恐怖を感じない。それどころか、もっと触れたいとすら思う」

その言葉にドキッとして、思わず視線をそらす。

「恐怖症は、ほぼ克服できたのではないかと思っている。ただ……俺が最も苦手とする場面でどうなってしまうのか、自分でもわからない」

それは女性が服を脱ぐ、ということよね？

以前それを試したときは、アルフレッド様は顔を覆ってしまった。

「それで、その……。君が嫌じゃなければ……もう一度どこまで克服できたか確かめるのを、手伝ってもらえないだろうか」

つまり目の前でガウンを脱ぐということよね。

どうしてかしら……以前よりも恥ずかしく感じる。

でも、私に協力できることならなんでもするという気持ちに変わりはないわ。

「わかりました。以前と同じことをすればいいのですね？」

「無理を言ってすまない。もちろんそれで平気だったからといって、なんというかそのそういう感じに持ち込もうとしたりしないから安心してくれ」

「は、はい。わかっています」

そんな風に言われると、かえって意識してしまう。

お互いに赤くなってうつむいた。

「結婚式ですらあの有様だったし、今ではそのことを心から申し訳なく思っている。だから今度はちゃんと手順を踏みたい。まずは陛下に辺境伯夫人として正式に紹介して、他の貴族にも君が俺の愛する妻であるということを知らしめようと思っている」

「はい」

その言葉に、落ち着きを取り戻す。

私のことを大事に考えてくださっているのがわかって、心が温かくなった。

「では、やってみますね。もしご不快に感じたら仰ってください。すぐにガウンを着ますので」

「ああ。ありがとう」

立ち上がり、ソファに座るアルフレッド様の目の前に立つ。

目を合わせていられず、視線をそらした。

胸の下の紐をほどき、少しためらったのち肩からガウンを落とす。

腕を抜いて、完全にナイトドレス一枚になった。

恥ずかしい……以前よりもずっと恥ずかしい。

アルフレッド様が動いたのが視界の端に映る。

彼に視線を移すと、以前と同じく両手で顔を覆っていた。

やっぱり、まだ無理だったの……!?

「アルフレッド様。今、ガウンを着ます」

「あ、ああ。そうしてくれ」

慌ててガウンに袖を通し、紐を結ぶ。

「あの、アルフレッド様」

「……」

「どうか焦らないでくださいね。時間はたくさんあるのですから」

「……いや。そうじゃない」

「……？」

彼はいまだに顔を覆っている。

でも、あら？　よく見ると、お耳が真っ赤になっているわ。

「アルフレッド様……？」

「大丈夫だ」

前回は真っ青、今回は真っ赤。

恐怖を感じているのとは違うようだし、症状が良くなったということかしら。

「おそらく俺は、恐怖症を克服できたのではないかと思う……少なくとも君に対しては」

「まあ、そうなのですか！　本当によかったです」

「ああ。何もかもフローラのおかげだ。心から感謝する」

そう言いつつも、相変わらず彼は顔を覆ったまま。

「お役に立てたならとてもうれしいですが、その……大丈夫ですか？」

「大丈夫だ、心配はいらない。予想以上に大丈夫すぎた」

「？　そうですか……」

「本当に心配しないでくれ。なんというか、そう……照れくさいだけだ」

つまり、私のあの姿を見てアルフレッド様は照れたということよね？

そう言われると、落ち着いていた羞恥心が再び激しく湧き上がってくる。

部屋の中が静まり返って、鼓動の音が彼に聞こえてしまいそう。

ようやく彼の顔があらわになる。下をむいたまま、彼は長く息を吐いて髪を後ろに撫でつけた。

その顔はやっぱり赤くて、私の頬もさらに熱くなる。

「……すまないが、今日はこれで失礼しようと思う」

私のほうを見ないまま、彼が言う。

「わかりました」

「また明日話そう。おやすみ、フローラ」

「はい。おやすみなさいませ」

アルフレッド様が立ち上がり、彼の部屋へと向かう。

扉が閉まる直前、彼が低い声で何かをつぶやいた気がしたけれど、何を言っているかまでは聞き取れなかった。

◇　◇　◇

私は今日、二十歳になった。

アルフレッド様が気取らないガーデンパーティーにしようと仰ってくださって、庭園にテーブルを置いて立食形式のパーティーを開くことになった。

今日着ている淡い水色のドレスは、体を締め付けないゆったりとしたつくりで、生地も柔らかくてとても着心地がいい。

ようやく完治したばかりの私の体に負担がかからないようにとラナが選んでくれたもので、私への気遣いを感じられてうれしかった。

髪はラナがきれいに結い上げ、最後にアルフレッド様が青い大輪の花を挿してくれた。

天高く輝く太陽の下、アルフレッド様とともに庭園へと足を踏み入れると、すでに集まっていた主だった使用人や騎士団の上位の人たちが拍手をしてくれた。

席につくと、皆それぞれ花束を持って私に祝いの言葉を述べに来てくれて、テーブルの花瓶にその花束を挿していく。

　この素敵な演出はシリルが考えてくれたのだとか。目の前が花でいっぱいになっていく光景に、とても幸せな気持ちになった。

　カイン卿が花束を持ってきてくれたときは少し緊張したけれど、何事もなかったかのように笑顔で祝いの言葉を述べていく彼を、やはり大人だと思った。

　そしてカリスト叔父様。わざわざ王都から駆けつけてくださった。

　叔父様の体にぴったりと合ったスーツは派手すぎず地味すぎず、センスの良さを感じさせる。

　相変わらず素敵だわ。

「誕生日おめでとう、フローラ」

「またお会いできてすごくうれしいです、叔父様。遠いところお越しくださり、ありがとうございます」

「こちらこそ、大事な姪の二十歳の誕生日だから参加させてもらえてうれしいよ。お礼申し上げます、ガーランド辺境伯」

　アルフレッド様がこちらこそ、と短く返した。

「以前会ったときよりもずっと綺麗になった。君を見ていればわかる。幸せなのだな」

「はい、叔父様」

　微笑む叔父様の瞳は慈愛に満ちていて、温かな気持ちになる。

「よかった。本当に安心したよ。君も王都に来たときは是非うちに寄ってくれ」

「はい、ありがとうございます」

こうして私を気にかけてくださるのが、本当にうれしい。

叔父様の家、是非行ってみたいわ。楽しみ。

花瓶がほぼ埋めつくされたあと、大きな花束を抱えた女性が歩いてきた。

花で顔がよく見えないけれど……？

「フローラお嬢様、いえ奥様。お誕生日おめでとうございます」

なつかしいその声に、はっと息をのむ。

「そんな……」

以前よりも少しふっくらした体。

変わらない優しい茶色の瞳。

「……マリアン」

慌てて椅子から立ち上がって、彼女の前に立つ。

うれしさのあまり、心臓がドキドキとうるさい。

まさか今日マリアンに会えるなんて。

マリアンから花束を受け取ると、ラナがそっと傍に来て、それを花瓶に挿してくれた。

「会えてすごくうれしいわ。マリアン、元気だった？」

「ええ、おかげ様で。辺境伯様とフローラ様のおかげで、夫もかなり元気になりました」

「よかった。それにしても、シルドランからお祝いに来てくれたの？　ここまで遠かったでしょうに」

マリアンの休みは週に一度しかないから、こことシルドランを一日で往復できるものかと心配になる。

こう言ってはなんだけど、お父様もイレーネ夫人も使用人に快く休暇をくれるような人じゃないから。

「いいえ、遠くはありませんでした」

「？」

「辺境伯様が、町に家族で住む家を用意してくださったのです。私にフローラ様の傍にいてほしいと。今はとても快適に過ごさせていただいています」

「……！」

アルフレッド様に視線を移すと、優しい笑みを浮かべていた。

「気心の知れた人が一人でも多く傍にいたほうが、君も安心できるだろう。もともと嫁いでくる女性は誰か一人は連れてくるものだしな。もちろんマリアンとその家族の意思を確認し、尊重した結果だ」

「あ……ありがとうございます」

だめ、みんなの前なのに泣いてしまいそう。

私は辺境伯夫人として生きていくのだから、弱々しい姿を見せるべきではないのに。

ああ、だけど。

「これからは一緒にいられるのね」

「ええ、ええ……。こんなにうれしいことはありません」

マリアンの瞳に涙が浮かぶ。

「お美しくなられましたねぇ、フローラ様。お幸せになられて、本当に……本当によかった」

「マリアン……！」

こらえきれず、彼女に抱きついて涙をこぼしてしまう。

優しい手が、私の背中を何度も撫でた。

幸せというものは、私をこうまで涙もろくさせるのだとあらためて思い知った。

涙を拭いてマリアンから離れる。

みんなの前だというのに、子供のように恥ずかしい姿を見せてしまったわ。

けれど、私にハンカチを差し出してくれるラナの瞳もうっすらと潤《うる》んでいて、また泣きそうになってしまう。

くぐもったような低い声にふと振り返ると、オウルが嗚咽を漏らしながらハンカチで目元を押さえていた。

シリルが少し恥ずかしそうに「じいちゃん……」とつぶやく。

その様子がかわいらしくて、笑みがこぼれた。

入浴や着替えを手伝ってくれたラナが退出したあと、ソファにゆったりと座ってアルフレッド様を待つ。

目をつむると、今日の幸せな出来事が頭の中に浮かんで、口元が緩んだ。

特にマリアンに会えたこと、これからも会えることがうれしくて仕方がない。

今日の誕生日のことは、一生忘れないわ。

幸せなパーティーは、日が傾き始める頃まで続いた。

叔父様は城に泊まってくださることになっていたので、夕食もご一緒できてうれしかった。

各地を回って商売の基盤を築いてきた叔父様のお話はとても面白く、巧みな話術もあいまってアルフレッド様も興味津々だった。

アルフレッド様と叔父様は気が合いそうね。

夕食が終わって廊下に出た際、アルフレッド様は「義叔父上《おじうえ》、この後少しよろしいですか？」と小声で話しかけていた。

単純にもっと叔父様と話したいのかと思ったけれど、アルフレッド様は少し難しい顔をしていたように見えた。

私に関係のない、お仕事か何かの話かしら……？

そんなことを考えていると、ノックの音が聞こえてきた。

返事をするとアルフレッド様が部屋に入ってきて、今日も私のすぐ隣に座る。

「今日はありがとうございました。特にマリアンのこと……本当にうれしかったです」

「マリアンの夫の体調が回復してからと思っていたから、今日に間に合ってよかった。君に告白する前から色々と手配していたんだが、君が俺を受け入れられず当初の予定通りここを離れるとしても、マリアンが傍にいるほうが安心して生活できるだろうと思ったんだ」

「そうだったのですね。そこまで私のことを考えてくださって、本当にうれしいです」

私がどういう道を選んでも、安心して暮らせるようにと考えていてくださったのね。

見返りなど考えないその優しさに、胸が温かくなる。

この方の妻になれて、本当に幸せだわ。

「マリアンの夫は病気になる前は庭師だったというから、完治したあと本人さえ良ければうちで働いてもらおう」

「何から何までありがとうございます。こんなに良くしていただいて、申し訳ないほどです」

ふ、と彼が笑う。

「君は俺の愛する妻なのだから、俺が君のためにできることをするのは当然だ。君が俺に与えてくれたものの大きさは計り知れない」

そんな風に言ってもらえて、うれしくてふわふわとした心地になる。

「だがサプライズプレゼントはほどほどにしておくよ。君の意思が何より大事だから」

「ふふ、わかりました」

「これが最後のサプライズかな？　いやサプライズというほどじゃないが」

アルフレッド様が箱を私に差し出す。

促されて開けると、目を見張るほど美しいネックレスが入っていた。

私の瞳の色に合わせたのであろう中央の大きな紫水晶《アメジスト》と、それを引き立てる無数の小さなダイヤモンド。同じデザインのイヤリングもある。

　華やかではあるけれど派手というほどではなく、上品さも兼ね備えている。

見とれるほど美しいけれど、これは……とんでもなく高価なのでは？

「ア、アルフレッド様。こんなに高価なもの……」

「高価というほどじゃない」

　いえ嘘ですよね⁉

「宝飾品にも好みがあるからあまり強引に贈るのもどうかと思うんだが、君は遠慮して値が張らないものばかり選んでしまいそうだから、今年は許してくれ。来年からは一緒に選ぼう。王族が身に着けるものよりはかなり控えめなものだから、安心してほしい」

「で、ですが」

「目的もある。これを身に着けて、再来週開かれる王宮の舞踏会に一緒に出てほしい」

「王宮の舞踏会ですか？　社交界デビューも済ませていないので、うまく振る舞えないかもしれません」

「別に構わない。ダンスも屋敷にいる頃に習ってはいただろう？　上手である必要はない。王家に紹介ができて、仲睦まじい様子を周囲に見せられればそれでいいんだ」

　いよいよ辺境伯夫人としてお披露目されるということね。

　でもずっとアルフレッド様と一緒に生きていくのなら、避けては通れない道よね。

　ネックレスも、身を飾って自分で満足するためだけのものではないから、ありがたく受け取らなきゃ。

社交界においては、美しさや立ち居振る舞いだけでなく、身に着けているものも見られる。やりすぎればただ下品になってしまうけれど、質とセンスの良い品を身に着けるのは良い意味で人々の視線を集める。

ガーランドで作られた美しく繊細な意匠の宝飾品を辺境伯夫人が身に着ければ、この地の職人がいかに優秀か、その技術力のアピールにもなる。

そんな人目をひく宝飾品を身に着け、私がアルフレッド様と仲睦まじい様子を見せることで、彼は「女性嫌いの独身」ではなく「妻を愛する一人前の男」であることを人々に示すことができる。

結婚を強制する法律があるくらいだから、この国においては独身の貴族は一人前と見なされない風潮があるのだと以前お母様が教えてくださった。

「君が何を考えているかだいたいわかるが、難しく考えなくていい。ただ俺と一緒にいてくれればそれでいい」

彼が苦笑する。

「わかりました。頑張ります」

「頑張る必要はないんだがな。楽しんでくれたらありがたい」

「はい」

彼の口元から笑みが消え、真剣な表情になる。

「フローラ。俺は辺境伯だから、妻である君に負担をかけないとは言えない。舞踏会のこともそうだし、辺境伯夫人としての役割を求めることもある」

「はい、承知しています」

「だが、無理はしないでくれ。つらいことはつらいと言ってくれ。慣れないことは俺がフォローしていく。何よりも、俺にとって必要なのは、辺境伯夫人ではなくフローラ自身なんだということを忘れないでほしい」

温かい言葉が、心の中に染みわたっていく。

この方の傍にいられて本当に幸せだな、と思った。

「ありがとうございます、アルフレッド様」

「こちらこそ。俺を受け入れてくれて、俺の妻になってくれてありがとう」

見つめあって、微笑みあう。

アルフレッド様がそっと手を重ねてきた。

私は彼の腕にもたれかかる。

あいかわらず驚くほど硬い。

「幸せだ」

「幸せです」

まったく同じタイミングでそう言って、声が重なる。

同時に言ったのがなんだかおかしくて、うれしくて、二人でクスクスと笑いあった。

第四章　シルドラン伯爵家

揺れの少ない馬車の中、アルフレッド様と二人きり。

いつも部屋のソファでそうしているように、隣り合って座り、とりとめのない会話をしている。

王都に一緒に行ってくれるラナは、荷物とともに先に出発した。護衛騎士たちは馬車の前後で警護してくれている。

窓の外に視線を移すと、馬車が驚くようなスピードで進んでいるのがわかる。

私がガーランドに嫁いできたときよりも速い気がするわ。

休憩もほとんどとらないし、魔獣の血が混じった馬のすごさをあらためて知った。

「次の町から南に下ればガーランド領外に出る。町で馬を取り替えるから、そこで休憩していこう」

「はい」

ガーランド産の馬はまだ領地の外に出せないものね。

町を過ぎて少し走れば、シルドランの東側に位置するドナルズ子爵領に入るはず。

そういえば……シルドランといえば。

「アルフレッド様」

「なんだ？」

「ガーデンパーティーの日の夕食後、カリスト叔父様とはどんなお話をされたのですか？」

「！　それは……」

彼が言い淀み、私から視線をそらした。私には話しづらいことなのかしら？

「私に関係のない話なら、お話しくださらなくても大丈夫ですよ。なんとなく気になっただけです」

彼がしばし考え込む。

「いや……君に無関係な話じゃない。ただ、具体的なことはまだ何も決まっていないんだ。君は舞踏会を控えて緊張しているだろうし、終わってから話そうかと思っていたんだが……」

私に関係がある話で、カリスト叔父様にも関わることといえば。

「シルドラン伯爵領で、何かあったのですか？」

「……ああ」

「舞踏会のことはあまりお気になさらず、お話しいただけたらうれしいです」

少しの沈黙のあと、彼は私のほうを見た。

「シルドラン伯爵の話だが」

「はい」

「領地を抵当に入れて王立銀行から借りた五億オルドを、すべて詐欺師に奪われた。投資詐欺ということだ」

「ええっ⁉」

「金が戻るのは絶望的と考えたほうがいいだろう」

　一体なぜそんなことに。

　ビクターは堅実で慎重な人だとお母様が言っていた。そんな彼が、領地を抵当に入れてまで怪しい投資話に乗るとは思えない。

　ということは、お父様が独断でそんなことを？

　なぜ、と思うと同時に、あのお父様ならあり得ない話ではないとも思う。

　それよりも。

　現在の伯爵家の経済状況はわからないけれど、シルドランの規模を考えれば五億ものお金を新たに用意できる可能性は低いのでは。

「王立銀行ですから、もし返済できない場合は、領地はそのまま王家のものになりますよね？」

「ああ」

　伯爵領がなくなれば、お父様は爵位を返上させられる。

　つまり、シルドラン伯爵家は没落するということになる。

　その後は？

「領地が王家のものになって父が伯爵でなくなった場合、領民はどうなるのでしょうか」

「王家から管理人が派遣され、領地を無難に回していくことになる。ただ、そのまま直轄地になることはないだろうから、いずれ誰かの手に渡ることになるはず。どういう形で誰の手に渡るかは、今のところ不明だ」

「そうですか……。教えてくださってありがとうございます。父のことはともかく、領民が心配です」

「君ならそう言うだろうと思っていた。伯爵家の家令のビクターも、それを何より気にかけていた」

「ビクターにお会いに？」

「ああ。俺にシルドランを買ってくれと言ってきた」

「……！」

お母様とともに苦労して領地を運営してきたビクター。

彼は領地のこと、領民のことを第一に考えてきた。

彼が家令の地位を失うことを危惧して私に手を差し伸べられなかったことには気づいていた。

私はむしろそれをありがたいと思っていた。

彼がいなくなってしまっては、シルドランは立ち行かなかったから。

そのビクターが、アルフレッド様にシルドランを買ってくれと言うなんて。

きっと領民を救うには、もうそれしかないと考えたのね。

「あれはずるい男だ。マリアンが退職する際、彼女の周辺を調べたのだと思う。そして彼女の夫のもとに医師が派遣されていたこと、彼女がガーランドに引っ越すことを知ったのだろう」

「アルフレッド様と私はただの契約結婚ではないと知った、ということでしょうか」

「ああ。そこまでするからには、フローラは一年で帰ってはこない、俺もフローラに対して気持ちがあると簡単に推測できただろう。そして愛する君のためだから、もしかしたらシルドランを助けてくれるのではないかと考えて俺の元に来たということだろうな」

アルフレッド様が小さく息を吐く。

まっすぐ前を見据えわずかに目を細めるその横顔は、普段とは違っていてどこか近寄りがたさすら感じる。

領主としての彼は、いつもこんな雰囲気なのかしら。

「だがビクター個人の思惑はどうでもいい話だ。俺はガーランド領主としてこの件を判断しなければならない」

「仰る通りです」

「フローラにどうしたいとは問わない。その質問はかえって君を苦しめるから。できるなら領民を助けたいと思っていることも、だからといって俺にシルドランを買ってくれと言えないこともわかっている」

その通りだわ。

お母様が懸命に守ってきたシルドランという地がなくなって、領民が苦しむのはつらい。

できるなら助けてあげたい。

けれど、その感情だけではどうにもならない。

アルフレッド様はガーランドに対して責任がある。

シルドランの領民に対して憐憫《れんびん》の情があったとしても、簡単に手を差し伸べることはできない。それは辺境伯夫人となった私も同じこと。これからはアルフレッド様とともに、ガーランドの領民に対して責任を負っていかなければならない。

だから、シルドランを買ってくださいだなんて安易にお願いすることはできない。

「シルドランを買うだけの金はあるが、それは総合的に見てガーランドにとってデメリットにならないかをまず考えなければならない。俺が使う金は、ガーランドの領民が納めてくれたものだから」

「はい。承知しています」

「シルドランを買った場合を想定してオウルと色々試算し、だいたい数字が出そろったところだ。ただ、王家の許可が下りなければシルドランを買うことはできないし、そもそも伯爵が破産届すら出していないから、まだはっきりしたことは何も言えないんだ」

「そうなのですね……」

けれど、ビクターがアルフレッド様にお願いをしたということは、もう持ち直せないと踏んでのことよね。

お父様は、遅かれ早かれ領地と爵位を手放すことになるわ。

「まだ何も決まっていないのに、いたずらに不安にさせてすまない」

「いいえ、私が聞き出したのですから。アルフレッド様がどのような決断を下されるとしても、それはガーランド領主として熟考された上でのことだと思います。どんな結論であれ、私はそれを支持します。私がシルドラン出身ということはお気になさいませんよう」

　彼は苦笑すると、私の頭をそっと引き寄せた。

「君は立派な辺境伯夫人だ。君のような人と結婚できたことを、あらためて幸運に思う」

「私もアルフレッド様と結婚できて、幸せ者です」

「そういえば。本当の夫婦なのだから丁寧な言葉遣いもいらないし、アルフレッドと呼んでほしいんだが」

「う……。なかなか難しそうです」

「それが難しいなら〝アル〟でもいい。俺を愛称で呼べるのは君だけだから」

「……アル」

　彼がとてもうれしそうな顔をする。

「ああ、いいな。もう一度呼んでくれ」

「は、はい……アル」

　呼び慣れないせいか、なんだかとても落ち着かないわ。

　でも夫婦なのにアルフレッド様と呼んでいたら不自然よね。

　頭の中ではともかく、人前で呼ぶときは気をつけなくちゃ。

　一方のアルフレッド様は、とても満足気。

「君にそう呼ばれるととてもうれしい。口調などはゆっくり慣れていこう」

「はい」

その後町に着いて、馬を替えている間に遅めの昼食をとることになった。

貴族向けでもない普通のお店に入ったためか、店内が一瞬ざわつく。

ご領主様……という小さな声が聞こえたけれど、アルフレッド様は気にした様子もなく堂々と座った。

店内では二人でおすすめのパンを注文して食べた。

卵と牛乳と砂糖を混ぜた液に浸してバターをひいたフライパンで焼いたのだというパンは、砂糖の甘さとバターの塩気が絶妙なバランスで、ほどよい焦げ目が香ばしくて美味しい。

食後に飲んだオレンジジュースは、強すぎない酸味が口の中をさわやかにしてくれた。

それにしても、貴族向けではないお店でも砂糖をふんだんに使った料理が出てくるものなのね。

あらためて、ガーランドは豊かなのだと実感した。

店を出るときに「ご領主様の奥様だよな、きっと」という声が聞こえた。

これからは領内のことをもっと勉強して、あちこちに顔を出して領民に覚えてもらえるようにしていかなくては。

……シルドランでは、いったいどれほどの領民がお父様の顔を知っているのかしら。

お父様が領民の仕事や生活をその目で見てきたなら、納められる税金がどのように生まれるかを本当の意味で理解していたら。

きっと安易に詐欺話に乗るようなこともなかったでしょうに。

アルフレッド様にばれないよう、こっそりとため息をついた。

馬を替えた馬車に二人で乗り込み、出発する。

ほどなくしてドナルズ子爵領に入った。

「……そういえば。先ほどのシルドランの話ですが」

「ああ」

「私の実家は没落貴族となってしまいますね」

「そうだな」

「アルフレッドさ……アルにご迷惑をかけてしまうのではないかと心配です」

「なぜだ？　貴族の身分はさかのぼって取り消されることはないから、俺と結婚した時点で君が伯爵令嬢だったという事実は変わらない。そして今は俺の籍に入っているから、君は辺境伯夫人で貴族のままだ。法律的にも問題ない」

「ですが、辺境伯夫人ともあろうものが詐欺にあって没落した貴族の出となると、アルに恥をかかせてしまうのではないかと」

ふ、と彼が笑う。

「君が妻でいてくれることは、誰がどう思おうと俺の誇りだ。少しも恥になどならない。もしくだらないことを言う者がいたら……」

「いたら？」

「決闘を申し込む。妻を侮辱する者には容赦しない。相手が代理の騎士を立てようが、俺は負けない」

「アル……」

この方はここまで私を想ってくれているのだと、胸が熱くなる。

「もちろん、その場で相手を殴り倒したりしないから安心してくれ。それじゃあ酒場の酔っぱらいと変わらないからな。ちゃんと手続きを経て決闘を行う。ガーランド辺境伯は妻を侮辱する者を決して許さないと、周囲に知らしめるためのものだ」

「はい、ありがとうございます」

微笑む私を、彼が真剣な眼差しで見つめる。

「君は俺の愛する妻というだけでなく、ガーランドを命がけで守ったこの上ない辺境伯夫人だ。君の夫でいられることが、俺は誇らしい。だから、胸を張って生きてくれ」

「はい……」

うれしさで胸がいっぱいになって、アルフレッド様が大好きという気持ちがあふれて、彼の肩に頭を預ける。

彼が、優しく髪を撫でてくれた。

日が完全に落ちた頃、今日泊まるホテルに着いてラナと合流した。

ラナが案内してくれたのは大きなベッドのある広い部屋で、とても素敵なのだけど。

「ここは私とアルどちらが泊まるお部屋なの？」

ラナがにっこりと笑う。

「旦那様と奥様がお泊りになるお部屋でございます」

……。

えっ？

◆　◆　◆

「どういうことだ、ラナ」

俺の問いに答えず、ラナが部屋の中のソファに手を向ける。

「お二人とも、長旅でお疲れのことでしょう。まずはお掛けになっていただければと思います」

たしかにフローラは疲れているだろうと思い、ひとまずそれに従う。

一人掛けのソファに、テーブルを挟んでフローラと向かい合って座った。

しかし、俺とフローラが同室？

ほぼ毎晩二人で仲良く話をしているが、俺たちはまだそういう関係にはなっていない。

それなのに、ベッドが一つしかない部屋を二人で使えだと？

陰謀か、これはシリルあたりの陰謀なのか!?

「さて、お部屋の件ですね。ご主人様がブツクサ言うだろうからと、シリルから手紙を預かっております」

「ブツクサ……」

手渡された簡素な封筒から手紙を取り出し、読む。

『おそらく動揺のあまり僕の陰謀だの罠だのとお疑いになっていることと思いますが、違います。今回王都に行かれる目的を思い出していただければ、なぜ同室にしたのかをご理解いただけると思います』

　今回王都に行くのは、陛下にフローラを紹介するためと、仲睦まじい様子を周囲に見せるためだ。

　こういったホテルは夫婦同室が一般的。

　それなのに新婚夫婦である俺たちが別室を使っているところを他の貴族に見られでもしたら、ということか……。

　タウンハウスも妾《めかけ》事件のあとに売ってしまい、どうせ独り身だし滅多に使わないからとその後買っていないので、王都に着いてもホテルに泊まることになる。

　つまり。

　王都に行ってガーランドに帰ってくるまで、フローラとずっと同室。ベッドまで一緒。

　……大丈夫か、俺。

　せめてタウンハウスくらい買っておけばよかった。

　再度手紙に視線を落とすと、下のほうに小さく何か書いてあることに気づいた。

『色々大変かと思いますが頑張ってください（笑）』

　……。

　あいつ、この状況を楽しんでいるな。

相変わらず性格が悪い！

ちらりとフローラを見ると、彼女も戸惑ったような顔をしていた。

その後何を食べたのか、何をしていたのかよく覚えていない。

フローラがラナに手伝ってもらいながら入浴を済ませ、ラナが退室したので、ついに部屋に二人きりになってしまった。

二人きりでいることには慣れているはずなのに、今日はやけに緊張してしまう。

入浴直後のフローラは血色が良く、頬や唇がかすかに赤く色づいていた。しかもいい香りがする。

そんな彼女に動悸がおさまらず、なかば逃げるように俺も風呂に入った。

部屋に戻るとフローラがソファに座っていたので、その向かいに座る。

しかし、なぜこの部屋にはベッドと一人掛けのソファが二脚しかないんだ。

ソファで寝られないようにする誰かの陰謀か。

いや誰の陰謀だというんだ、馬鹿馬鹿しい。

がしがしとタオルで乱暴に頭を拭いていると、フローラが俺をじっと見ていることに気づいた。

「……アルの髪型」

「ん？」

「そうして前髪を下ろしているのは、なんだか新鮮ですね」

「ああ……そう言われてみればそうだな」

　夜に二人で話すとき、フローラは入浴を済ませたあとだが、俺は話が終わってから風呂に入り、寝るかもう少し仕事をするかしている。

　いつもは前髪をゆるく後ろに流しているから、こうして前髪を下ろしている姿はフローラに見せることがなかったかもしれない。

　若くして爵位を継いだから、見た目だけでもなるべく若く見られないよう、その髪型にしてきたんだったな。

「普段も素敵ですが、そういう髪型もなんだかかっこいいです」

　彼女が少し照れたような笑みを浮かべる。

　どくん、と心臓が跳ねた。

　頼むからよけいにドキドキさせないでくれ……。

　しかしフローラはこの髪型が好きなのか。明日から前髪を下ろそうかな。

「ところで、あの……」

「うん？」

「そろそろ寝る時間ですが、ベッドが……一つしかありませんね……」

　ぐうっ！

　そんなかわいい顔で頬を赤らめながらそんなことを言わないでくれ……！

　俺は心を落ち着けるように、わざとらしい咳払いをした。

「ああ。だが、その……ここでそんなことをしたりしないから安心してくれ。以前も言った通り、フローラが大事だからこそちゃんと手順を踏みたいんだ。まずは陛下に紹介をしなければと思っている」

「はい」

「だから、旅先でそんなことは……」

「はい……」

しん、と部屋が静まり返る。

気まずい。気まずすぎて死にそうだ。

いや何をビクビクしている、思春期の少年じゃあるまいし。

俺のほうが四つも年上なのだから、大人の余裕を見せなければならない。

夫婦なのだし、一つのベッドで眠るくらいどうということはない。

ソファに座って話すのと大差ないはずだ。

「じゃあそろそろ寝ようか。ベッドは広いから問題ないだろう」

「そ、そうですね」

少しぎこちない笑顔を見せるフローラがかわいい。

二人でもそもそとベッドに上がり、少し距離をあけて寝転がる。

隣を見ることなどできず、ただひたすら天井を見つめた。

ああそうだ、たいしたことじゃない。たいしたことじゃないとも。

騎士科の遠征では雑魚寝《ざこね》したことも何度もあった。あれと同じだ。

隣に寝ているのが汗臭い男たちじゃなく、ふわふわといい香りのする愛しい女性だというだけで。

……全然違うじゃないか、くそ。

そうだ、ランプの灯りを消さなければ。

ベッドサイドのランプに手を伸ばしたとき、後ろからスースーという規則正しい小さな呼吸音が聞こえた。

驚いて振り返ると、フローラはすでに目をつむっていた。

寝た⁉　もう⁉

たしかに夫婦だし、気持ちも通じ合っているが。

この状況で緊張感よりも眠気が勝るというのか。

ああ……だが。

かわいい。寝顔がものすごくかわいい。

なんというあどけない顔で寝るんだ。

ずっと見ていられる。

頬を軽くつついてみるが、起きる様子もない。安心しすぎだろう。

もしや……俺を男として意識していない⁉

いやいや、そんなはずはない。愛していると言ってくれたし、口づけだってした。

それとも、男のなんというかそのそういう感じの欲について知らない？

いやいや、男に対する警戒感を養うよう、ある程度の年齢になれば大まかには教えられるはずだ。

小屋で危険な目にもあっているし。

もしくは俺の女性恐怖症が完治していないと思っている？

いやいや、それなら一緒に寝ること自体に気を遣いそうだし、先日おそらく克服できたと伝えたばかりじゃないか。

なら……いやいや……と考え続けているうちに、馬鹿馬鹿しくなってきた。

もう俺も寝てしまおう。

ランプの灯りを消し、目をつむる。

小さな寝息やふわふわと鼻をくすぐる甘い香りが気になって仕方がないが、大丈夫だ、目をつむっていればいずれ眠気はやってくる。

ようやくうつらうつらし始めたそのとき、左腕に温かく柔らかい感触が。

……フローラが。

俺の腕に抱き着いている。

もちろんスースー寝ている。

なるほど。

これは新手の拷問か。

結局、ほとんど眠れないまま朝を迎えた。

寝不足その他で食欲もなく、部屋に運ばれてきた朝食を義務的に口に運ぶ。

「アルフレッド様……アル？」

「うん？」

「お疲れのようですが、どこか具合でも？」

「いや、いたって健康だ。健康すぎて困ってしまうほどだ」

「……？　お元気ならいいのですが、なんだか寝不足のように見えて……。あっ、もしかして他人と一緒のベッドだと眠れないのでしょうか？」

「そういうわけじゃない。君は他人ではないし、君と眠るのが嫌なわけじゃない。むしろ幸せだ。なんというか……大丈夫だ」

「そうですか。それならいいのですが……」

結局、俺は王都に着くまで夜ごと幸せな拷問を受け続けた。

早く領地に帰らないと心か身体のどちらかもしくは両方がおかしくなるな、と思った。

◇　◇　◇

思わずうわあ、と声を上げそうになったけれど、周囲の目を気にしてそれを飲み込んだ。

一度遠目に見たことがあるだけの王宮は、近くで見るととんでもなく大きく、美しい。

特に白い壁が夕日を受けてオレンジ色に輝いている様は、見とれてしまうほどだった。

白い壁に尖頭アーチ、円形の塔にステンドグラスの窓。

女性的な優美さを感じさせる城だと思った。

無骨とすら言える堅固なガーランドの城とは対照的ね。

アルフレッド様にエスコートされて、舞踏会の会場であるホールへと足を踏み入れる。

そこは信じられないほど広く、よく磨かれた大理石の床が白く輝いている。

天井ははるか上にあり、あの豪華なシャンデリアはどうやって掃除するのかしらというどうでもいい疑問が湧いてきた。

そしてその人の多さといったら。

こんなに人がいて踊れるものなのかしら。

ゆっくりと足を進めていくけれど、なんとなく人々の視線を感じて落ち着かない。

社交界に出るのは今日が初めてだから、自分の立ち居振る舞いがおかしくないか気になってしまう。

「緊張しているか？」

アルフレッド様が私の耳元でささやく。

その表情には余裕があって、さすがに何一つ慣れていない私とは違う。

「なんだか見られている気がして」

小声で返すと、彼はふっと笑った。

「君が美しすぎるからだろう」

「お上手ですね。アルが素敵すぎるからではありませんか？」

彼が再度笑う。

でも、今日のアルフレッド様は本当に素敵なんだもの。

襟元に銀糸の繊細な刺繍が施された黒のジャケットに、濃紺のベスト。

決して派手ではないその服が、かえってアルフレッド様のスタイルの良さを引き立てている。

いつもゆるく後ろに流していた前髪は、今日は下ろしてある。

私がかっこいいと言ったから、と彼が言うので思わず笑ってしまった。

でもとても似合っているわ。

額の大きな傷もある程度隠れるから少し雰囲気が柔らかくなって、顔立ちの美しさが際立つ。

こんな方が自分の夫だと思うと、信じられない気持ちになる。

対する私は、銀糸の刺繍が施された濃紺のイブニングドレス。

そして誕生日にいただいた紫水晶《アメジスト》のネックレス。

アルフレッド様は何度も美しいと褒めてくださったけれど、ちゃんと似合っているかしら。

……いいえ、そんな風に不安になってしまってはだめね。

私は辺境伯夫人なのだから、堂々としていなければ。

お姉様、という小さな声が聞こえた気がしてそちらを見ると、妹のライラが目を見開いてこちらを見ていた。

ライラが、なぜこんなところに。

実家があんなことになっているのに、舞踏会に出ていて大丈夫なの……⁉

ライラが友人らしき令嬢たちから離れて、こちらに近づいてくる。

ピンク色の真新しいドレスのスカートが、その動きに合わせてふわふわと愛らしく揺れた。

「お久しぶりね、お姉様」

「ええ、久しぶりね」

「……見違えたわ」

ライラがアルフレッド様をちらりと見る。

彼は口元に不敵な笑みを浮かべると、私の腰を引き寄せた。

同性愛者も女性嫌いも契約結婚も、ただの噂に過ぎないというように。

周囲で「キャ〜」「うそ……あのガーランド辺境伯が……」といった小声が聞こえてきた。

「……ご挨拶が遅れて申し訳ありません。ガーランド辺境伯にご挨拶申し上げます」

ライラが少し膝を落としてアルフレッド様に挨拶をする。

この国には、帝国のように下位の者から上位の者に話しかけてはいけないというルールはない。

どちらかといえば、下位の者から上位の者に挨拶をすべきという風習がある。

もちろん王族に対しては別だけれど。

「シルドラン伯爵令嬢。息災そうで何よりだ」

「恐れ入ります」

「妻とつもる話もあるだろうが、そろそろ陛下がお見えになる時間だ。すまないがこれで失礼する」

「承知いたしました」

アルフレッド様が私を促して、ライラの元から去った。

「あの様子では何も知らないな。実家の現状を把握していたら、のんきに舞踏会になど出ていないだろう。夫人は王都からシルドランに戻るという話だったが、いったいどうなっている」

「そうですね……」

イレーネ夫人は近くにはいなかった。

もしかして夫人だけ領地に戻ったの？　ライラになんの事情も告げずに？

なんだか嫌な感じがするわ。

アルフレッド様とともに中央の大きな階段の近くまで行くと、楽団の演奏する曲調が変わり、御入場を告げる声とともに国王陛下御夫妻と王太子殿下がゆっくりと階段を下りてこられた。

陛下が階段の周辺にいる貴族に順にお声をかけていく。

もしかして身分の高い順なのかしら。

ということは、階段付近にいるのは主だった貴族ということ？

陛下が私たちの目の前にいらっしゃると、私の緊張は一気に高まった。

「ガーランド辺境伯。久しいな」

「ガーランド辺境伯アルフレッド・グランヴィル、国王陛下にご挨拶申し上げます」

「こちらの美しい女性が夫人だな」

陛下の視線が向けられ、私はカーテシーをした。

「フローラ・グランヴィルと申します。国王陛下にお目通りがかない、この上ない栄誉でございます」

「よいよい、そのように硬くなる必要はない」

陛下が快活に笑う。

「辺境伯がなかなか結婚せず心配しておったが、なるほど、夫人を見て納得だ。理想が高かったのだな」

「仰る通りです。すべてにおいてこの人だと思える人にようやく出会えました。この上ない幸運です」

陛下の御前でそんな……！

でもこれもアピールなのかもしれないわ。平静を保たなくては。

「ははは、これはこれは、新婚夫婦にあてられそうだ。血圧が高くなる前に退散しよう。夫人も気楽に楽しんでゆくがよいぞ」

「お心遣い感謝いたします」

陛下が別の貴族に声をかけにいくと、入れ替わるように王太子殿下がこちらにいらした。

年齢はたしかアルフレッド様と同じだったはず。陛下と同じ銀色の髪の、美しいお顔立ちの方だった。

「いやーあのアルフレッドが結婚して、しかも父上の前でのろけるなんてねえ」

「殿下」

「うんうんわかるよ、なんかもうアルフレッドの理想を凝縮したような女性だもんね」

「殿下に私の理想のタイプなどお話ししたことはなかったと思いますが」

　アルフレッド様があきれたようにため息をつく。

　ずいぶんと気心の知れた仲に見える。

　殿下が私のほうを向いた。

「あ、ごめんね、一方的にしゃべっちゃって。初めまして」

「ご尊顔を拝しまして恐悦至極に存じます。フローラと申します」

「ああいいよ、そんな堅苦しい挨拶は。私はアルフレッドとはアカデミーの同期でね」

「左様でございますか」

「普通は王太子という立場にあられる方が、アカデミーに通うことなどないのですが。殿下はその頃と変わらず自由奔放でいらっしゃいますね」

　不敬ともとられかねない言葉に驚くけれど、アルフレッド様は微笑しているし、殿下も気を悪くされている様子は少しもない。

　きっとお二人は仲の良い友人なのね。

「王宮の中にいるだけじゃ、世間を知ることなんてできないからね。それも勉強勉強」

　明るく気さくで、自由。

それが王太子殿下の印象だった。

陛下も気さくな方だったし、王家の方々ってこんな感じなのかしら。

「なんにしろ結婚おめでとう、アルフレッド。普通の女性には敬遠され、ハイエナみたいな女性にばかり囲まれていた君が、こんなに素敵な女性と結婚するとはね」

「ありがとうございます。殿下も良き王太子妃を迎えられることを願っています」

「あーその話しないで……。そろそろ決めなきゃダメだよなあ。法律撤廃頑張ってね、アルフレッド」

「撤廃したところで殿下が王太子妃を迎えなければいけないことに変わりないかと思いますが、頑張ります」

「じゃあ、ダンスが始まる頃だしそろそろ行くよ。君と夫人の濃厚なダンスを期待しているからね」

じゃあね～と私に手を振って殿下が去っていく。

「なんだ濃厚なダンスって。相変わらずだあの方は」

「ふふ、仲が良さそうですね」

「厄介な方だよ。嫌いじゃないが。一曲踊ろう、フローラ」

曲が始まって、人々が踊りだす。

私もアルフレッド様と踊りはじめるけれど、腰にあてられた手に今さらながらドキドキしてしまった。

ステップを踏んで、くるくるとホールの中を回る。

公の場でのダンスは初めてだけど、ここに来る前に彼と二人で練習してきたので無難に踊ることができた。

何より彼のリードが上手なのよね。

アカデミーの卒業式以降、人前で踊ったことはないと仰っていたのに、すごいわ。

周りで踊る人々もキラキラ輝くシャンデリアもそのうち目に入らなくなり、私を見つめるアルフレッド様だけが私の世界を支配した。

なんだか、夢の中にいるみたい。

彼の手が温かくて、瞳がきれいで、とても幸せで。

なぜか泣きたくなった。

曲が終わって、いったん端に移動する。

アルフレッド様がとってきてくださった飲み物は柑橘系のさわやかな味がして、ダンスと緊張で火照《ほて》った体をほどよく冷やしてくれた。

「緊張したか？」

「はい。何せ初めてのことでしたので」

「だが上手だった。そしてきれいだった」

不意打ちでそんなことを言われて、頬が熱くなる。

見上げると彼も少し赤くなっていて、笑みがこぼれた。

ホールでは十代とおぼしき若い男女が踊っている。

最初の一曲は夫妻が、そのあとは主に若い男女が踊るのだという。

婚約者との絆を深めたり、社交界デビューしたてでまだ婚約していない人は相手を見つけたりするのだとか。

色とりどりのドレスがくるくると動いてとてもきれいね。

「ガーランド辺境伯、お久しぶりです」

アルフレッド様より少し年上らしき男性が夫人を伴ってやってきて、挨拶を交わす。

「お久しぶりです、ザルブール伯爵、伯爵夫人。こちらは妻のフローラです」

「初めまして、フローラと申します」

優しそうな夫人がぱあっと顔を輝かせる。

「まあっ、なんてきれいでかわいらしい方かしら。あ、ごめんなさい、辺境伯夫人にこんな」

褒められすぎてムズムズしてきたけど、社交界はお世辞や社交辞令が飛び交う場だというし、あまり気にしないようにしなければ。

「光栄です、ザルブール伯爵夫人」

「皆が美しいお二人に見とれていましたのよ。特にガーランド辺境伯が女性にあんな優しい表情を向けるなんてと、令嬢たちがきゃあきゃあ言っていましたわ」

アルフレッド様が小さくうめく。

夫人は扇で口元を覆いながら、いたずらっぽい笑みを浮かべた。

そのまましばらく立ち話をして、お二人が去ったあとにまた別のご夫婦がいらした。

その方たちも去ると、アカデミー時代の同級生だという男性が三人、親しげな様子でアルフレッド様に声をかけてきた。

アルフレッド様もくだけた態度で話していて、仲が良かった人たちなのだろうなと思った。

「お会いできてうれしいです、夫人」

「こちらこそ」

「アルフレッドもついに結婚したのかぁ。しかもこんな素敵な女性と」

「あのアルフレッドがねえ」

「女性嫌いかと思ってたけど、理想を追い求めた男だったんだな」

「別に理想がどうのというわけじゃない。フローラに心底惚れただけだ」

おおーとかフゥ～とか言われ、全身が熱くなる。

恥ずかしくてうつむいてしまった。

「アルフレッドからこんな言葉が出てくるとはね」

「いやいや……あーくそうらやましい」

「フローラをじろじろ見るな」

「あ、あの。私、少し休憩してきますね」

つもる話もあるでしょうし、気心の知れた男性だけのほうがお話も盛り上がるはず。

「ああ、うるさくてすまない」

「いいえ、そんなことはありません。ただ、少し緊張して疲れてしまって」

「あまり遠くには行かないでくれ。それと休憩室はいかがわしい雰囲気になっていることもあるから、女性専用以外は避けてくれ」

「わかりました」

アルフレッド様から離れて、壁際でひと息つく。

王宮でのパーティーは楽しいけれど、人が多く集まるところに慣れていないから、少し静かな場所で休みたくなった。

夜風に当たろうと、いくつかあるテラスのうち人のいないところを見つけて外に出る。

「ふう……気持ちいい」

夜風が前髪をさらさらと撫でる。

今日は夜でも暖かいわ。もう夏ね。

後ろのガラス扉が開く音がして、振り返る。

アルフレッド様かと思ったけれど、そこに立っていたのは彼ではない男性だった。

ライトブラウンの髪に、淡い緑色の瞳。私より少し年上とおぼしき男性。

見覚えがあるような、ないような。

ガラス扉の向こうは人が大勢いるホールで、近くのテラスにも人がいるとはいえ、男性と二人きりでテラスにいるという状態は避けたい。

周囲によけいな誤解をされて、アルフレッド様に迷惑をかけたくない。

失礼しますね、と声をかけてホールに戻ろうとすると。

「久しぶりだね、フローラ」

……？　私を知っているの？

どなただったかしら。私をフローラと呼ぶ人なんてそう多くはない。

私と久しぶりに会う、少し年上の男性。

……あっ。

「ペ……アーサー様」

「ペ？　まあいい。何年振りかな、見違えたよ。以前からきれいだとは思っていたけど、まさかこんなに美しくなっているとは」

「ありがとうございます。私はホールに戻りますね。ライラもホールにいましたよ」

では、と彼の横を通り抜けて、ホールへのガラス扉を開けようとしたところで、彼が私に向かって手を伸ばしてきた。

それを一歩下がって避ける。

「……相変わらず勘がいいな」

そう言いながら、彼は道をふさぐかのようにガラス扉のすぐ前に移動した。

両開きのその扉はこちら側からは引いて開けなければいけないので、扉の前、しかも真ん中にいられると扉を開けられない。

じわりと不快感が湧き上がる。

「私は辺境伯の妻、あなたは妹の婚約者です。触れようとなさらないでください」

「辺境伯の妻、ねえ。それもあと数か月で終わりだろう？」

　ライラからかほかの人からかはわからないけど、そういう話を聞いたのね。

　ホールで私たち夫婦の様子を見ていたはずなのに、まだそう思うのかしら。

「あなたの勘違いです」

「まあそう言うしかないよな」

　何を言っても通じない様子に、ため息をつきたくなる。

「なつかしいよ。おにーさまおにーさまと僕のあとを慕ってついてきてくれる君は、とてもかわいかった」

「五歳くらいの頃はそういうこともあったかもしれませんね。思い出話はもう結構ですので、そこをどいていただけますか」

「それなら本題に入ろうか。辺境伯領を追い出されたら、君は生活にも困るだろう？　伯爵が引退すれば、伯爵家の財産はある程度僕の好きにできる。だからさ……僕が君を助けたいんだ」

　アーサー様が口元に笑みを浮かべる。

　整ったつくりのその顔は、欲ゆえか歪んで見えた。

「結構です。辺境伯領を追い出されることはありません。私のことはお気になさらず、どうかライラの幸せを考えてくださいませ」

「僕がライラと婚約したのを怒っているんだろう？　あれは仕方がないことだったし、僕もつらかった。僕は君をずっと好きだったんだよ？」

思わず笑ってしまいそうになる。

私のことをずっと好きだったわりには、後継者がライラになると見るやすぐにライラに乗り換えたし、小屋に来たことも一度もなかったと思うのだけど。

でもそれを指摘するのすら面倒だわ。

「いずれにしろ過去のことです。あなたの助けは不要です」

「そう意地をはらずにさ。不自由はさせないから」

はっきりと口にはなさらないけど、愛人にでもなれと仰りたいのかしら。

最低ね。

アーサー様ってこんな方だったの？

お母様が健在だった頃はもっと紳士な方だった気がするのだけど、そう見えるように振る舞っていただけなのかしら。

そもそも伯爵家の財産などもうないというのに、やはりアーサー様も何もご存じないのね。

「もうホールに戻りますので、道をあけてください」

「まあ待ってよ。もう少し君と話がしたいだけなんだ」

テラスは薄暗くホール側からは見えづらいとはいえ、人目はある。叫べばすぐに人が駆けつけてくる距離でもある。

だからアーサー様も滅多なことはしてこないでしょうけど、とにかく一緒にいたくない。

「これ以上お話しすることはありません」

「そう言わずに、僕はフローラへぶっ！」

アーサー様が再度私に手を伸ばした瞬間、ガラス扉の片方が勢いよく押し開けられて、アーサー様に思い切りぶつかる。

扉を開けたのはアルフレッド様だった。

アーサー様を見据えるその瞳は、氷のように冷たい。

「まさか私の妻に無礼を働く無法者が王宮のパーティーにいるとはな」

「……ガ、ガーランド辺境伯」

「アル」

ぴりぴりしていた心が一瞬で柔らかくほぐれる。

笑みが自然に浮かんだ。

「そこの無礼者は知り合いか？　何があった、フローラ」

「妹の婚約者ですが、たいしたことではありません。何か誤解をされているようです」

「ああ、例の男か。私は嫌がる君にその男が触れようとしているところを、この目ではっきりと見た。辺境伯夫人に強引に触れようとするとは、どこぞの伯爵令息殿は身分と立場というものが理解できていないらしい」

アルフレッド様が不愉快そうに目を細める。

それだけでアーサー様は震え上がった。

「ちょうど妻に無礼な言動をする者には決闘を申し込むと決めたばかりだ。君がその最初の相手か」

「いえ、その……」

アーサー様が蒼白になる。

その様を見ても少しも気の毒には思えなかったけど、姉の夫と妹の婚約者が決闘ともなればよからぬ噂の的になりかねない。

「アル。あまり大ごとにしたくはありません」

アルフレッド様がため息をつく。

「愛する妻の願いだから今回は聞き入れよう。だが次はフローラがなんと言おうと許さない。二度と妻に近づくな、失せろ」

「は、はい、失礼いたしました」

アーサー様がそそくさと逃げていく。

「あんなのが君の婚約者だったとは」

「以前は紳士でいらした気がするのですが……あれではライラが心配です」

「妹の心配をするとは、君は優しすぎる」

そう言われてあいまいに笑う。

「そういえば、アルはご学友とのお話の最中だったのではありませんか？」

「まあそうだが、冷やかされすぎてそろそろ面倒になってきたところだったから、ちょうどよかった」

アルフレッド様が苦笑する。

そう言いつつも、きっと気の置けない友人たちとの楽しい時間だったはず。

「久しぶりに会われたのでしょうに、水を差してしまって申し訳ありません」

「別に今日じゃなくてもいつでも会える連中だ、何も気にしなくていい。君が何より大事だし、そもそも君のせいじゃない」

少しの照れくささと、たくさんの幸福感が胸を満たす。

「戻ろうか」

「はい」

アルフレッド様がガラス扉を開けてくれ、促すように私の肩にそっと手を添える。

その手が温かくて心地いい。

ホールの中に入ってふと横を見ると、不満そうな顔をしたライラが立っていた。

「……アル。少し妹と話をしたいと思います」

大丈夫か？　というように私に視線を向けるけれど、私は安心させるようにうなずいた。

そこらじゅうに人がいるし、そもそもライラは私に手を出そうとしたことは一度もない。

「わかった。またあとで」

アルフレッド様が優しい笑みを向けてくれる。

「はい、ありがとうございます」

彼は人の輪の中に戻っていった。

ライラは相変わらず不満そうな顔をしている。

「……お姉様」

「なあに？」

「今さらアーサー様は渡さないわよ」

やっぱりライラはアーサー様のことが好きなのね。

さっきのやりとりもホールから見ていたのかしら。

「私はアルフレッド様……アルの妻なのだから、アーサー様とどうにかなることなんてないわ」

「でも一年で終わるんでしょ？」

「そういうことにはならないわ」

ライラがはぁ、とため息をつく。

「たしかに二人の雰囲気を見てればそんな感じよね。友達もキャーキャー言ってたわ。女性嫌いや同性愛者なんてただの噂で、結局お姉様を気に入ったってことなのね」

つまんない、とぼそりと言った。

「結局お姉様ってそうよね」

「？」

「きれいで、品が良くて、賢くて、優しくて。おまけに最高の男まで手に入れるんだから」

「え……？」

ライラの口から出た意外な言葉に驚く。

私のこと、そんなふうに思っていたの？

ライラが視線を伏せた。

「伯爵家の屋敷に移り住んだばかりの頃は、よく比べられてたわ。フローラお嬢様こそ本物の伯爵令嬢だ、ライラお嬢様はやっぱり妾の子だと。すべてにおいてフローラお嬢様には敵わないと」

「そんなことを言う人がいたの⁉」

「そこまであからさまなことを言った使用人は、お父様とお母様がすぐにクビにしたけどね」

「そうだったの……」

お父様に愛される天真爛漫なライラがうらやましいと思っていたけど、そんなことがあったなんて。

私の知らないところで、ライラはたくさん傷ついてきたの？

だからお父様はあんなにもライラを守るように愛したのかしら。

「残った使用人だってクビが怖くて口に出さないだけでみんなお姉様が好きだし、お姉様こそが後継者にふさわしいのにといまだに思ってるのよ」

「ライラ……」

ライラが顔を上げ、私と目を合わせる。

「でもアーサー様だけは違った。私こそ後継者にふさわしいと言ってくれたし、私のいいところをたくさん見つけて褒めてくれた。たとえそれが口先だけで、私に取り入るためだったとしてもね」

　何を言っていいかわからず、ただ黙ってライラのヘーゼルの瞳を見つめる。

「アーサー様はお姉様に未練があるくせに手助けもしなかった意気地なしだし、人妻になったお姉様にちょっかいをかけるだけじゃなくほかの女の子ともこっそりデートする女好きだし、私が後継者になったとたん私に言い寄ったずるい男よ。でも、今でも私を褒めてくれるし、私を悪く言ったりしないわ」

　だから彼が好きなのね。

　あまり誠実とは言えない人なのかもしれないけど、ライラにとってアーサー様は大事な人なのだわ。

「そんな顔しないでよね。同情なんて絶対にやめて。後継者が私になったときもアーサー様が私の婚約者になったときも、お姉様が小屋に追い出されたときですら、私はほっとしたしうれしかった。ざまあみろとまで思ってたんだから」

　ライラのそんな言葉に、苦笑する。

「そう……。でも困ったわね。私、あなたのことを嫌いだったことは一度もないのよ」

「……！　や、やめてよ！」

　ライラの頬が赤くなる。

「でも、あなたは私に暴力を振るおうとしたことも、私のものを盗もうとしたことも一度もないでしょう？　私に対して優しかったとは言わないけど、最初はお姉様お姉様と慕ってくれたのを覚えているわ」

　そんなライラが私に嫌味を言ったり馬鹿にするような態度になっていったのは、お父様やイレーネ夫人が私をそのように扱うのを見てそうなったと思っていた。

　けれど、そうじゃなかった。

　私を過剰に持ち上げてライラを貶《おとし》めるような心無い言葉に、傷ついていたから。そしてアーサー様への思いゆえだったのね。

「それに、シルドランを発つ日に着ていくワンピースを用意してくれたのはライラでしょう？　そんな風に気にかけてくれて、とてもうれしかったのよ。ずっとお礼を言いたかったの」

「伯爵家の恥になるからそうしただけ。お姉様が追いやられて喜んでた私に感謝なんて必要ないわ。お人好《ひとよ》しもほどほどにしないと腹が立つだけよ」

「そうよね。ごめんなさい」

　ライラが長いため息をつく。

「お姉様には何を言っても無駄だって思い出したわ」

　思わずクスクスと笑いが漏れる。

　お人好しと言われても、ライラのことは少しも憎くないということに変わりないもの。

　たまにとはいえ、小屋に来てくれたのはマリアン以外ではライラだけ。

　そういえば動物を捌《さば》いているときに来て、悲鳴を上げて逃げ帰ったこともあったわね。

顔を合わせればちょっとした嫌味を言うけれど、私が困るような嫌がらせをすることはなかった。

そして私が嫁ぐ日に見送りにきてくれた家族も、やはりライラだけだった。

「でもね、ライラ。私も聖人ではないのよ。あなた以外の家族に対しては、思うところが多々あるわ」

「……」

そう、家族。

のんびり話をしている場合じゃなかったわ。

「ところでライラ、イレーネ夫人は？」

「領地で用事ができたからって、私をタウンハウスに置いて帰ったけど……」

「その用事の内容は？」

「聞いてないけど、なんなのいったい。お父様も領地に戻ったきり帰ってこないし。……まさかシルドランで何かあったの？」

「それは……」

「何か知ってるなら教えてよ。シルドランのことなら、私に無関係なんてことないんだから」

そうよね。

幼子相手なら心配をかけまいと大人が複雑な事情を黙っているのもわかるけど、ライラは婚約者もいる大人で、シルドランの後継者だもの。

それなのになぜ、イレーネ夫人はライラに事情を告げて一緒に帰らなかったの？

……なんだか胸騒ぎがするわ。

「わかったわ。落ち着いて聞いてね」

私は扇子を広げ、ライラの耳元に顔を近づける。

私の言葉を聞いて、ライラの目が大きく見開かれた。

◆　◆　◆

帰路でも毎晩幸せな拷問を受け続け、ようやくガーランドに帰ってきた。

もうフラフラだ。

体力は人一倍あるはずだが、寝不足はいかんともしがたい。

俺もフローラも、今日は話も手短に早々にベッドに入った。

もちろんそれぞれの部屋の、それぞれのベッドだ。

ああ、ようやくあの柔らかか攻撃から解放されてゆっくり眠れる。

そう思うのに、フローラが隣にいないベッドが何か物足りない。

陛下に紹介もしたし、ガーランドにも戻ってきた。

もう同じベッドで朝を迎える関係になってもいい頃だとは思うが、戻ってきたとたんがっつくようにソレかという気がしないでもない。

ひとまずそれについては明日以降考えることにして、灯りを落として目をつむる。

眠気はあっという間にやってきて、気がつけば朝になっていた。

久しぶりに熟睡し、体調も回復したので、オウルとシルドランについての話し合いを進めた。

二人の考えがだいたい固まった頃、陛下からの手紙が届いた。

早いな。

舞踏会の翌日、フローラはカリスト義叔父上に会いに行っていた。

一方俺は一人で登城し、陛下に「妻の出身地を救いたいという気持ちがある」と話してきた。

つまり、俺がシルドランを爵位ごと買いたいと申し出たとしたら、許可は下りるのかという確認だ。

本来なら伯爵が破産届を出してから話すべきことではあるが、そこはガーランド辺境伯の強みだ。

王家に大いに顔がきくので、内々にそういう話ができる。

そもそも王家もすでにシルドラン伯爵家の事情は把握済だ。

領地をすべて抵当に入れるなんてことをすれば、当然王家はその貴族について詳しく調査する。

たとえ伯爵が粘って破産届を出さなくても、詐欺師に金を丸ごと持っていかれるようでは、管理能力なしとしてどのみち爵位の返上を近々求められるだろう。

王家は領主が無能でも税金さえ納めていれば領地経営に口を出さないが、領主が自力では立て直せない事態に陥《おちい》れば、傷がさらに深くなる前に介入してくる。

王立銀行で重要地以外の領地を抵当に金を借りられるのは、そういう理由からでもある。まとまった金を安い金利で借りた領主が、それを足がかりに領地を立て直せればそれでいいし、そのまま破産するようなら速やかに領地の管理権を王家に移行することができる。

まあ、破産の理由が「詐欺師にすべて奪われたから」というのはいまだかつてなかっただろうが。

本当に、アレがフローラの実父だなんて信じられない。

フローラは母君からしか血を継いでいないんじゃないかとすら思えてくる。

そんなわけはないんだが。

夜になってフローラの部屋を訪ね、陛下からの返事が来たことを告げた。

「それで、お返事は……？」

フローラが緊張した面持ちで尋ねる。

「現シルドラン伯爵が爵位を返上したのち、シルドラン伯爵を名乗る権利を与えるそうだ。まだシルドラン伯爵位が浮いていないのでただの内定だが」

「シルドラン伯爵を名乗る権利、ですか」

「つまりシルドランの地は五億払って買えということだ。おまけにガーランドとして併合するわけではなく、シルドランはシルドランとして持つから、ガーランドに適用されている税金の軽減もない。それでも良ければ買えというわけだ」

「ガーランドにとってあまりいい話ではありませんね……」

彼女が考え込むようにうつむく。

「ああ。それくらいじゃないと諸侯も納得しないと踏んでのことだろう。だが、俺はシルドランを買おうと思う」

「！」

彼女が顔を上げる。

「つまり俺はガーランド辺境伯兼シルドラン伯爵になる。名乗るときは今までと同じくガーランド辺境伯だが」

「シルドランを買うことは、ご負担になるのではありませんか？」

「オウルと色々試算し、ガーランド領主として考えた結果だ。土壌改良などに大規模な資本投下が必要だし、シルドランの経営はしばらく赤字になる。だがそこを乗り越えれば黒字に持っていけるはずだ。長い目で見ればガーランドのためにもなる」

「なんと言ったらいいのか……ありがとうございます」

フローラはどこかほっとした顔をしている。

俺の判断に従う、自分の出身地だということは気にしないでと言っていたが、シルドランを救いたい気持ちが多々あるのはわかっていた。

「君の出身地ということを差し引いても、俺にもシルドランの領民を救いたい気持ちはある。新たな領地を得ることで諸侯に警戒されることがないわけじゃないが、まあ……こう言ってはなんだが領地としての価値が低いシルドランなら大丈夫だろう。妻の出身地を救うという大義名分もあることだし」

彼女は心底安心したように微笑んだ。

なんてきれいな笑顔なのだろう。毎日見ていても見とれてしまう。

シルドランの領地に関する問題はこれで片付いた。あとは全力で運営していくだけだ。

だが。

フローラの実家であるシルドラン伯爵家の問題はまだ残っている。

「フローラ。水を差すようで申し訳ないが、伯爵は近々ここに来るのではないかと予想している」

「アルに助けを求めてくると？　……あり得ますね」

「はっきり言うと、俺は君の父親を助ける気はさらさらない」

冷たい男だと思われるかな、と少し心配になったが、フローラは静かにうなずいた。

「承知しています。むしろそのほうがありがたいです」

そう言う彼女の顔からは、強い決意が見てとれる。

金を貸したところで、あの父親では無駄になるだけだとわかっているのだろう。

そして中途半端に〝延命〟されるよりは、伯爵が少しでも早くシルドランを手放すほうが領民のためだと。

「君の父親が来たら俺が対応する。そのまま俺に任せてくれてもいいし、父親と決着をつけたいのならつけていい。応接室の隣の部屋で話を聞けるようにしておこう」

「何から何までありがとうございます」

「俺は君の父親に敬意を払うつもりは少しもない。長い間領民を苦しめ、領地を立て直そうと必死だった君の母君を裏切り、何より君を虐げてきた人間だ。殴りかからないだけで精一杯だと思う」

「はい。それで構いません。むしろ私のためにそのように怒ってくださるのが申し訳なくて」

「大事な君を苦しめた人間だ。君のためというより俺が許せない」

「そんな風に感じていただけて、幸せです」

フローラが微笑する。

けれどその表情はどこか切なげで、あの伯爵を本気で殴りたい気分になってきた。

「君が納得できる形で収まるといいんだが。ああ、ガーデンパーティーの日に義叔父上と話した内容だが……」

「私も王都で叔父様にお会いしたときに……」

フローラの実家に関する話し合いは、日付が変わる頃まで続いた。

そして——予想通りと言うべきか。

フローラと話し合ったその三日後に、先ぶれもなくシルドラン伯爵がやってきた。

しかもなぜかフローラの妹まで連れてきているという。

応接室でしばらく待たせたのち、俺はノックもなしにそこに入った。

どっかりと椅子に座って足を組み、向かいに座る伯爵を見据える。

無礼な、とでも言いたげな顔をしていた。

無礼はお前だ馬鹿が。

ゆるく後ろに流した前髪を撫でつけながら、俺は皮肉な笑みを浮かべた。

「先ぶれもなく突然来るとは、伯爵は礼儀を忘れたようだ」

もちろん丁寧な言葉なんぞ使わない。

こいつには不要だろう。

伯爵は一瞬いら立った表情を見せたが、すぐに愛想笑いを浮かべた。

こいつがこのアホ面《づら》でフローラを長年にわたって虐げてきたのだと思うと、その顔に拳をめり込ませたくなる。

妹はというと、不気味なほど静かだ。

俺と視線は合わせず、人形のように動かない。

その表情はどこか憔悴《しょうすい》しているようにも見えた。

「ご無礼をお許しください。なにぶん緊急事態でして」

「ほぉ、緊急事態」

「は、はい……。実は、私めは卑劣な手段で金を奪われまして」

「はぁ」

「それがたいそうな金額でして、このままでは領地と爵位を失ってしまいます」

「へぇ」

俺は退屈そうに顎に手を当てた。

伯爵の愛想笑いが引きつる。

そうだ、もっと怒れ。

この程度のことでフローラにしたことの何万分の一も贖《あがな》えないだろうが、とりあえず不愉快な気分くらいは味わっておけばいい。

　これはいわば前菜だ。

「で。伯爵は私に何を望んでここに来たんだ」

「は、はい！　フローラとの結婚一年後に支払われることになっている一億オルドを、前倒しでいただきたく……。そうすれば王立銀行にある程度返済できますので、差し押さえは免れます。その間、領地の立て直しを……」

「ほぉ。どのように立て直すんだ？」

「へ？」

　俺は足を組みなおし、小さく欠伸《あくび》をした。

「だから立て直しの計画だ。話してみろ」

「え、ええ。ですから……まずは税を上限まで引き上げて」

「却下」

「……はい？」

「論外だ。一億の前倒しはできないな。お帰りいただこう」

「へ、辺境伯！」

「金がなければ税を上げればいい？　単純だな。これ以上税を上げれば領民の多くが逃げ出すか……ああそうだ、暴動も起きかねないな」

暴動と聞いて伯爵が顔色をなくす。

なんだ、想定すらしていなかったのか？

実際にシルドラン領内には怪しい動きがあるようだが、それも把握していないのか。

おそらくまだ様子を見ながら準備を整えている段階だろうが、何か一つ大きな出来事があれば領民の我慢は限界に達するだろう。

「伯爵のところにも一応騎士団はあるのだったな。さて、どれほどの騎士が伯爵を命がけで守ってくれるかな？　沈みゆく船からネズミが逃げ出すのは早いぞ」

口元に笑みをのせて伯爵を見据えると、伯爵は小刻みに震えだした。

不気味なのは妹だ。

相変わらず人形のように動かず、視線は伏せたまま。

怯えている様子も怒っている様子もない。

「む、娘の前でそのような……そのようなことは……」

「ならこういう場に後継者とはいえ娘を連れてくるな。娘を連れてくるくらいなら夫人を連れてこい」

そうすれば一緒に思い知らせてやったのに。

「妻は……」

伯爵が言い淀む。何かあったのか？

そこで初めて妹が口を開いた。

「母は宝石類を持って一人で逃げました。私が領地に着いたときにはもういませんでした。手紙一つ残さず出て行ったので、私にも行方はわかりません。離婚届だけは置いて行ったようですが」

「……」

呆れて言葉も出ない。

実の娘すら置いて一人で逃げた？

だから王宮の舞踏会でこの妹は何も知らなかったのか。

夫人は娘に何も知らせず領地に帰り、伯爵が寝ている隙にでも貴重品を持ち出して逃げたんだろう。

おそらく協力者もいたのだろうが。

つまりこの妹は、実の母親にあっさり捨てられたというわけだ。

夫人があとで娘と落ち合うつもりだったなら、領地に帰る前に打ち合わせておくはずだ。

舞踏会での様子からしても、この妹が夫人の計画を知らなかったというのはおそらく事実だろう。

とんでもない女狐だな。

実の娘すら贅沢をするための道具に過ぎなかったのか。

「まさか伯爵夫人ともあろうものが、何一つ責任を取らず、すべてを捨てて自分だけ逃げ出すとはな」

妹の体がぴくりと揺れるが、哀れみなど感じない。

フローラは妹も大人の事情に巻き込まれたのだと言っていた。

妹もまた環境を選べなかったし、つらい目にもあってきたと。

百歩譲って後継者の地位やボンクラ婚約者を奪ったのは、まだ理解できる。

奪ったというよりは、手の中に転がり込んできたものだろうから。

だが、積極的に加害しなかったにしても、フローラを見捨てていたことに変わりはない。

この妹の立場なら、フローラをこっそり助けたとしても、母親あたりに咎《とが》められはしたかもしれないが、使用人と違って追い出される危険などなかった。

それでも助けなかったのは、フローラを邪魔に思う気持ちがあったからだ。

フローラは小屋に追い出されてもたくましく生きてきたが、動物に襲われて死ぬ可能性も、餓死する可能性もあった。

そんな状況にある姉を見捨てた女にかける同情心などない。

だからといって、フローラが許しているものを積極的に攻撃してやろうという気も起きないが。

つまり興味がない。

伯爵と一緒に没落して、二人仲良く平民になればいい。

贅沢ができなくなるだけで働きさえすれば食べてはいけるし、フローラが味わったつらさや寂しさと比べればそんなもの苦痛のうちにも入らない。

「さて、話は以上だ。お帰りはあちらだ」

顎で出入り口を示す。

「フ、フローラと話をさせてください」

「断る。虐待しておいて今さらどの面下げて会おうというのだ。ああ、念のために言っておくが、私たちは一年で離婚などしない。だからお前が離婚慰謝料五千万オルドをフローラから奪うこともできない」

伯爵の顔が歪む。

なんだ、フローラの優しさに付け込んで本当にその金を受け取る気でいたのか？

どこまでも図々しいクズだな。

フローラにこいつの血が半分流れているなんて、到底信じられない。

「お願いです、どうかフローラと！」

「もうやめようよお父様……」

「フローラ！　いないのかフローラ！」

そろそろ騎士につまみ出させようかとしたそのとき、扉が開いた。

静かに部屋に入ってきたのは、フローラ。

その瞳は、凪《な》いだ海のごとき静謐《せいひつ》をたたえていた。

◇　◇　◇

「おお、フローラ。久しいな」

「そうですね。お久しぶりです」

　隣の部屋でこの部屋の会話を聞いていたけど、そこはもともと応接室の会話を聞くための部屋なのだという。

　もちろん普段は施錠されていて、その部屋を使うには当主の許可がいる。

　そこで聞いた話に衝撃を受けた。

　イレーネ夫人が、ライラを置いて逃げるなんて。

　二人とも憔悴しているように見えるわ。特にライラ。

　私はアルフレッド様の隣に座った。

「お父様、私をお呼びになりましたか？」

「フローラ、大変なことになったんだ。私は卑劣な詐欺師に騙され、全財産を失ってしまったんだ」

「まあ……それは大変でしたね」

　初めて聞いたかのような反応をする私に、ライラは何も言わなかった。

「そうなんだ。それでフローラからも辺境伯にお願いしてくれないか。一億オルドを前倒しで支払ってくれるように」

「契約書に支払いの日付が明記されているのでしたら、前倒しは難しいのではないかと。そもそも私が口を出せる問題ではありません」

「だ、だがガーランドは余裕があるだろう!?　一億くらい、先にくれてもいいじゃないか」

「……」

一億くらいだなんて、ずいぶんと軽く仰るのね。

一般的な領民の一生分の稼ぎよりも、はるかに多い金額だというのに。

アルフレッド様は私に対応を任せてくださるつもりのようで、ただ腕を組んで私たちの会話をじっと聞いていた。

「頼むフローラ。その金がないと私は領地と爵位を失ってしまう。そうなれば、貴族として生まれ育った私が生きていく術《すべ》などない。食べるものすら手に入れられず、餓死してしまうだろう」

「餓死ですか。お腹が空くのはとても苦しいですね」

お父様がぱっと顔を上げる。

口元には笑みが浮かんでいた。

「ああ、その通りだ。さすが私の娘だ、理解してくれるんだな」

アルフレッド様が立ち上がりそうになるのを、視線で止める。

「お願いだ、どうか哀れな私を助けておくれ、わが娘よ」

「かわいそうなお父様……。餓死なんてさせられません」

私のその言葉を聞いて、お父様の笑みがいよいよ深まる。

「私がお父様に、食べられる草をお教えします」

「……は？　く、草？」

「よろしければクロスボウの扱いも。命中率を上げるにはコツがいりますが、普通の弓よりは格段に扱いやすいですよ」

「何を……言っている」

ぽかんとするお父様に、アルフレッド様が小さく吹き出した。

お父様の顔がみるみる赤くなる。

「ふ、ふざけているのか！　草にクロスボウだと⁉　貴族として育った私がそんなみじめな生活を……！」

「私はそうやって生きてきました」

お父様がはっと息をのむ。

私に言われるまで忘れていたの？

自分の手で小屋に追いやった娘が、そうやって暮らしていたのだと。

ライラは黙ってうつむいていた。

「そうやって生きてきたのです。餓死するのではないかと思ったこともありました。マリアンがいなければ、きっとそうなっていたでしょう」

ライラに言った通り、私は聖人じゃない。

ライラのことは憎くなくても、お父様のことは恨んでいる。

恨んでいるのに、なぜか怒りが湧いてこない。

ただ淡々と言葉が口から出る。

「さすが私の娘。お父様にそう言われたのは今日が初めてです。私の娘という言葉すら聞いたかどうか。ずっと私を娘として見てこなかったのに、イレーネ夫人に言われるまま小屋に追いやったのに、今になって助けてくれわが娘と仰るのですか」

「……」

語っていても涙も出てこない。悔しさも悲しさも湧いてこない。

心の中がカラカラに乾いている。

自分の中で、もうお父様に対する気持ちは枯れ果ててしまっていたのだとわかった。

「お父様は私を娘として扱ってきませんでした。だから私もお父様を娘として助けることはできません。そしてお父様は伯爵としての責務を負ってきませんでした。だから伯爵位も失います」

お父様の顔が怒りで赤く染まる。

「何を生意気な！　伯爵であることの苦労も領地経営のことも何も知らぬくせに！」

「そうですね。私は夫のように領地を運営してきたわけではないのでわかりません。ですが、お父様が一度も領内を視察に行ったことがないこと、お母様とビクターに経営を任せきりだったことは知っています」

「なんだと……！」

「シルドランの領民がだいたい何時に起きて何時まで仕事をし、年にどれくらいの収入になるかご存じですか？　普段何を食べているかは？　領内で穫れる作物の種類と収穫量は？」

「……」

お父様が言葉に詰まる。

答えられないでしょうね。

領内のことを知ろうとすらしてこなかったのだから。

「何もご存じないのなら、お父様はシルドラン伯爵でいてはいけないのです。普段の領民の暮らしぶりを知っていたら、領地の命運がかかったお金をはっきりとしない儲け話につぎ込むことなどなかったはずです」

「この……！　お前など爵位を持った男に気に入られただけの女ではないか、偉そうに！」

「座れ伯爵」

お父様が立ち上がりかけたそのとき、アルフレッド様が低い声でそれを制した。

あからさまに不機嫌な顔をしてはいないけれど、怒りを無理やり抑え込んでいるように見える。

その表情に気づいたお父様は、おとなしく座った。

「偉そうにだと？　その言葉そっくりお前に返してやる。伯爵として何も仕事をしてこなかったお前に、そんなことを言う資格はない」

お父様が歯噛みするけれど、アルフレッド様に対しては何も言い返せないようで黙っていた。

「フローラはこの上ない辺境伯夫人だ。もし彼女に何か言いたいのなら、クロスボウ一つ持って魔獣の目の前に立ってからにするがいい」

「な、なんだそれは」

「使用人だけでなく騎士団も心からフローラに忠誠を誓っている。例えばお前が少しでも彼女に乱暴を働き、彼女が助けを求めたら。廊下に立つ騎士がすかさずこの部屋に乗り込んできて、お前の首を躊躇《ためら》いなく刎《は》ねるだろう」

アルフレッド様と一緒にいるのだから、色々な意味でそういうことにはならないとは思うけど。彼は城の皆は私の味方なのだと、私は皆に認められている存在なのだと私に伝えたかったのかもしれない。

そう思うと、冷えていた胸の中が温度を取り戻すかのようだった。

「破産届は一日でも早く出せ。返すあてもない借金が増えるだけだ。無意味に粘ったとしても、そう遠くないうちに王家から爵位返上を求められる。お前が伯爵でいられる道はもうない」

お父様が低く喉の奥でうなる。

「私に……私に死ねというのか。爵位を失い、ライラと二人どう生きていけばいいというのだ」

「そうだな。何もできない上にプライドだけは人の十倍くらいはありそうな男を雇いたい者などいないだろう。だが」

アルフレッド様が懐から紙を出す。

「よかったな、優秀で人間性も優れた弟がいて。カリスト義叔父上がお前たち二人を引き取ってくださるそうだ。〝あんな父親でも野垂れ死ねば優しいフローラが心を痛める、それ以上に食いつめた兄上が下手に犯罪にでも手を出せば、辺境伯夫妻にも迷惑がかかるかもしれないから〟と」

「なん、だと……？」

「ああ、特別待遇など期待するな。労働者として雇うと仰っただけだ」

こちらがお父様の破産に関する情報をとっくに持っていたことにようやく気づいたのね。

顔がみるみる悔しそうに歪んでいく。

「義叔父上の手紙だ。俺が読んでやろう」

そう言って、アルフレッド様は紙を開いた。

『辺境伯夫妻に迷惑がかからないよう、兄上および姪のライラに仕事を与える。ただし身内としての特別扱いや金銭的援助は一切しない。商会に住み込んで働く場合は部屋だけは用意するが、他の職員と同じ広さの部屋となる。夫人の住み込みは許さないので、家族で暮らしたい場合は自分で家を用意すべし』

手間が省けたな、とアルフレッド様がぼそりと言った。

『二人とも一番下の職員としてのスタートとなる。給与昇進その他の待遇はすべて基準通りとなる。姪のライラについては希望すれば商人として学ぶべきことを教える。兄上は色々と手遅れなので雑用係』

アルフレッド様が笑いをこらえるように口元に手をやる。

私も思わず笑ってしまいそうになった。

「カリストに……頭を下げる立場になれというのか……！」

「そうなりたくないなら自分で家と仕事を探せばいい。雇ってくれるところがあるとは思えないがな。お前が妾の子とさんざん蔑《さげす》み虐げた弟だ、引き取ってくれるというだけでも神のごとき慈悲だと思うが」

「くっ……」

「さて、話は以上だ。今度こそお引き取り願おう。騎士につまみ出されたくなければな」

「くそ……くそ……！」

お父様が立ち上がって扉に向かう。

幼い頃はすがりつきたいと思っていたその背に向かって、「お父様」と声をかける。

「どうか、お元気で」

もう二度と会うことはないかもしれない。

そのことに寂しさを感じない。

お父様を慕う時期も、お父様に何かを期待する時期ももう過ぎてしまった。

お父様は一瞬だけ足を止め、部屋から出て行った。

ライラも立ち上がる。

「ライラも元気でね。叔父様はいい方だから、一生懸命やっていればきっと認めてくださると思うわ」

私も立ち上がりつつ声をかけた。

「お姉様も元気で。それから……ごめんなさい」

ライラがその場で頭を下げる。

「お姉様の存在が怖かった。私が手にしたもの全部またお姉様が持って行っちゃうんじゃないかって怖かったから、お姉様が追いやられて喜んだ。お姉様を見下して安心したかった。私、自分のことしか考えてなかった」

「ライラ……」

「お母様に捨てられて初めて、お姉様のつらさのほんの一部でも理解できたの。だから許してくれとか助けてくれとかそういうのじゃなくて、ただ謝りたかった。ごめんなさい」

自然と笑みが浮かぶ。

やっぱりこの子は悪い子ではないわ。

「そんな風に考えてくれてありがとう。以前も言った通り、あなたのことを嫌いと思ったことはないのよ」

「ほんとお人好しよね。でも……ありがとう。叔父様に口添えしてくれたのもお姉様なんでしょう？」

「そういうわけではないわ。あなたとお父様を引き取るというのは、叔父様が自ら言い出してくださったことよ」

「商人としての勉強の話も？　お姉様を虐げていた側の私に対して、叔父様がいい感情を持っているはずがないのに？」

「え？　ええ……叔父様は優しい方だから」

商人としての勉強については、実は私からお願いしたことだった。

ライラは伯爵家の屋敷に来てから、伯爵令嬢としての知識や立ち居振る舞いを一生懸命学んで、驚くようなスピードで習得していったのを覚えている。

そんな努力家なライラなら、叔父様のもとで商売について学べば良い結果を残せるのではないかと思った。

余計なお世話なのかもしれないけど、大人の事情に巻き込まれてきたライラだから、選べる道を少しでも多くしたかった。

「お姉様って嘘が下手よね」

「なんのことかしら？」

ライラがクスッと笑う。

「ふふ、そういうことにしておくわ。平民になって、叔父様のもとで一から頑張ってみる。もらったチャンスを無駄にはしない。お父様のこともお姉様たちに迷惑をかけないよう、できる限り見張っておくわ」

「ええ。お願いね」

「じゃあ」

ライラが扉まで歩いて行って、振り返る。

アルフレッド様に向かって頭を下げると、そのまま出て行った。

扉が完全に閉まってから、再び彼の隣に座る。

「妹の言う通り、君はお人好しだな」

「妹にだけですよ。姉というのは妹に甘いものです」

「そんなものかな。……父親に対しては、少しはすっきりしたか？」

「どうでしょう。父との心のつながりはとっくに切れていたのだと、実感はできました。そして、私の居場所はもうここになっているのだなと」

「そうだな。君は俺の愛する妻で、ここの女主人だ。君のいるべき場所はここで、君の家族はここにいる」

「はい」

うれしくて、急にアルフレッド様が愛おしくなって、自分から軽く口づけた。

彼が少し驚いた顔をする。

「ご不快でしたか？」

「そんなわけないだろう。むしろ君からされるのはとてもうれしい」

「ふふ、よかった。……あ、そうです、父のことで一つだけ心配事が」

「一億か？」

「はい」

お父様は苦労を知るべき人だと思っている。

面倒なことは人任せだったのに権利だけは受けてきたから、お金の大切さもわからない。

そんなお父様が、また簡単に大金を手に入れてしまったらどうなるか。

「思ったほど粘らずにここから出て行ったのも、どうせあと数か月我慢すれば一億が手に入ると思ってのことだろう」

「はい……」

「さて、いつ気づくかな」

アルフレッド様がニヤリと笑う。

「？」

「契約書には、結婚一年後の日付を支払日として、シルドラン伯爵領への経営支援のためシルドラン伯爵に一億オルドを支払うと書いてあるんだ。グレイグ・アストリーともアストリー家とも記載していない。もちろん君との結婚の対価とも書いていない」

「！　ということは」

「その頃にはシルドラン伯爵は俺になっている。伯爵領への経営支援と書いていなければ揉めたかもしれないが、この内容なら裁判を起こされても負けはしない」

「……よかったです」

「気づいたときが見ものだな。あの金さえ手に入ればと数か月待ち望んだ分、ダメージも大きいだろう」

彼が鼻で笑う。

「俺は性格が悪いと思うか？」

私はにっこりと笑った。

「私も同じことを考えていましたから、私の性格もきっと悪いのでしょう」

彼が吹き出す。

二人で肩を揺らして、しばらく笑っていた。

✦終章✦　夫婦、そして家族

「奥様の御髪、本当に美しくなりましたねえ」

マリアンがそう言いながら、髪を優しく梳いてくれる。

鏡台の鏡に映る彼女の表情は本当にうれしそうで、私も自然に笑みが浮かんだ。

マリアンは週に二度城に来て、私の話し相手兼身の回りの世話をしてくれている。

今まで働き詰めだった彼女は、休みが多くなったことで顔色もよくなり、家にいる彼女の母親との時間も取れるようになった。母親も笑顔が増えたという。

快癒した彼女の夫が庭師として城で働くようになったため収入面でも問題はなく、むしろ過分にいただいているとマリアンは言っていた。

夜になればラナと交代するけれど、マリアンがいてくれる間はラナの完全な自由時間となる。

ラナにもそういう時間ができてよかった。

「侍女の方が優秀なのでしょうね。傷んでいた御髪がこんなに美しくなるなんて」

「ふふ、そうね」

「奥様が良い方たちに囲まれてお幸せになられて、私たち家族のことまでこんなに良くしていただいて。幸せすぎて怖いくらいです」

「私もよ。でも私が今こうして幸せを感じていられるのは、マリアンが身を削るように助けてくれたからなの。あなたがいたから生き延びられた。本当に感謝しているわ」

「奥様……」

マリアンが目に涙を浮かべる。

私も泣いてしまいそうになった。

「二人で泣いていてはいけませんね。これから奥様はデート兼お仕事なのですから。お支度を進めますね」

「そうね。お願いね」

今日はアルフレッド様とともにお祭りの見学に行く。

夜にはたくさんの領民が広場に集まって、彼の掛け声で一斉に紙でできたランタンを空に飛ばすのだとか。

すごく楽しみだわ。


アルフレッド様とともに町に着いたのは、太陽がだいぶ西に傾いた頃だった。

大通りでは食べ物の露店が両脇に並んでいて、たくさんの人が行き交っている。

その中を二人で歩いていくのだけど、なんというか、わりと普通に堂々と歩くのだなと思った。

護衛騎士も少しだけ離れて付いてきているとはいえ。

ご領主様だ、という声は時折聞こえるけれど、皆アルフレッド様に気づいても少し距離をあけてくれるだけで、驚いた様子も畏怖している様子もない。

それだけ彼は領民との関わりを多く持ってきたということなのね。

「フローラ、何か食べたいものはあるか？」

「美味しそうなものがたくさんあって、迷ってしまいますね。軽く食べてきたはずなのにお腹が鳴りそうです」

「ふ、じゃあたくさん食べて帰ろう」

人ごみの中、手をつないで歩く。

おくさまーという幼い声に視線を下げると、小さな女の子が私に向かって手を振っていた。

微笑みながら手を振り返すと、えへへと笑って恥ずかしそうに母親に抱きついた。

なんてかわいいのかしら。

ご両親がありがとうございます、と笑顔でお礼を言ってくれる。

子供が欲しいな、と漠然と思った。

「フローラ、これは美味いから食べてみてくれ」

アルフレッド様が串に刺さった豚肉を手渡してくれる。

以前食べた牛串も美味しかったけど、この豚串も美味しそう。

焼きあがったばかりの豚肉からは湯気が上がっていて、わずかな焦げ目とほどよい脂身が食欲をそそる。

塩と荒く挽いた胡椒だけの味付けのはずなのに、噛むほどに口の中に甘みが広がってとても美味しい。

食べ応えがあるけれど脂はくどくなくて、小腹を満たすのにはちょうどいいわね。

アルフレッド様を見上げると、彼も美味しそうに食べていた。

串に刺さった肉に噛《かじ》りつく様はどこか野性味があって、貴族らしく上品に食事をする普段の彼とのギャップになんだかドキドキした。

食べ終わって少し歩くと、彼はまた別の露店で何かを買った。

「これも食べてみるか？」

アルフレッド様が差し出してくれたのは、とても小さなりんごが串に刺さっているものだった。

りんごはつやつやと輝いていて目にも楽しい。

「まあ、かわいらしいし美味しそうです」

なんだか、あらゆるものが串に刺さっているわね。

露店だから立ちながらでも食べやすいようにそうなっているのね、きっと。

「りんごに砂糖を煮溶かしたものを絡めたものだ」

「さすがりんごが特産品のガーランドですね」

食べてみると、りんごをコーティングしている砂糖がパリパリといい歯ごたえだった。

さわやかな酸味と砂糖の甘味が口の中を満たしていく。

「すごく美味しいです」

「よかった。ああ、あっちにも美味いものがあるぞ」

結局暗くなり始めるまであちこち渡り歩いて、お腹がいっぱいになるまで食べてしまった。

そして完全に日が落ちた頃、アルフレッド様とともに広場へと移動した。

すでに多くの人が集まっていて、紙でできたランタンを手に持っている。

二人で壇上に上がり、彼が手を上げると会場が静まり返った。

「皆、存分に楽しんでくれているだろうか。私が領主でいられるのも、皆がいてくれるおかげだ。心から感謝している。今宵は心ゆくまで楽しんで、明日からの英気を養ってほしい」

わああ、と歓声が上がる。

「なお、事前に告知してあった通り、今日は辺境伯夫人を皆に紹介する。私は今年結婚し、素晴らしい妻を迎えた。これからはこのフローラとともにガーランドがより良い地となるよう、一層励んでいくつもりだ」

手を振ってやってくれ、との言葉に、会場の皆に向かって手を振る。

より一層大きな歓声が上がった。

「準備を」

アルフレッド様の言葉で、皆が小さな松明《たいまつ》でランタンの下部中央にある布に火をつけていく。

私とアルフレッド様も、騎士から紙袋をひっくり返したような形状のランタンを渡され、火を灯した。

自分の願いを込めながら手を離すんだと、彼が小声で教えてくれた。

「ガーランドが一年豊かで平和であるようにとの願いと、それぞれの願いを込めて……ランタンを空へ！」

ランタンが手の中で少し浮き上がるような感覚があり、手を離す。

ランタンはふわりと浮いて、夜空を目指して昇って行った。

無数のランタンがオレンジ色の淡い光を放ちながら空へとゆっくり昇っていく様はとても幻想的で、思わず感嘆のため息が漏れた。

「きれい……なんてきれいなんでしょう」

「ああ。俺もこの光景が好きだ。フローラと見られたから、より一層好きになった」

指の間に、アルフレッド様の指がそっと差し入れられる。

応えるように、私も握り返した。

「俺はフローラがずっと元気でいてくれるようにと願った」

「奇遇ですね。私もアルがケガなどせず元気でいてくださるようにと」

二人の小さな笑い声が重なる。

オレンジ色の光が、高く高く昇っていく。

彩られていく夜空を見上げながら、アルフレッド様はフローラ、と私を呼んだ。

「俺は今、多くのものを手にしている。辺境伯という地位、明るく働き者な領民、豊かさ。何よりも貴重な、君の心も」

「はい」

「だが思い上がってその大切さを忘れれば、それは俺の手の中からこぼれていくのだと思う。先日の伯爵の件で、それを再認識できた」

「私も父を見て、あらためて実感しました。なんの努力もなしに手にしていられるものは、そう多くはないのだと」

「ああ。だから俺は辺境伯としてより一層努力すること、そして君にとって良き夫であるよう努力することを誓う。来年も領民の笑顔とこの美しい光景を、愛する君と見られるように」

　アルフレッド様が私に視線を移す。

　見慣れている顔なのに、いまだに目が合うと胸が高鳴る。

「私もアルの妻として、たくさんのことを学んでお役に立てるよう頑張ります」

「ありがとう。だが元気でいてくれればそれでいい」

「私もアルが元気でいてくれればそれだけでじゅうぶんですよ」

　再び、二人の笑い声が重なる。

　これ以上ないというくらいアルフレッド様が大好きなのに、また彼を愛する気持ちがあふれるほどに湧き上がってきて、私の中を満たしていった。

　祭りは夜通し続くけれど、さすがに朝までいるわけにはいかないので、少しの時間を広場で過ごしたのち、二人で馬車に乗り込んで帰路についた。

　会話もまばらな中、アルフレッド様に寄りかかって、肩を優しく抱かれて夢見心地のまま馬車に揺られる。

「フローラ」

「はい」

「……今夜、部屋に行ってもいいか？」

「？　はい」

なぜあらためて訊くのかしら？　ほぼ毎晩いらしているのに。

「君が嫌じゃなければ……そのまま朝まで一緒に過ごしたい」

「！」

彼の言わんとしていることがわかって、心臓が激しく動き出した。

全身が熱くて、顔を上げられない。

彼の膝の上に置かれた拳を見ると、ものすごく力が入っているのがわかって、なんだかかわいいと思った。

少しだけ緊張が解ける。

返事をしようとしたけれど喉がからからで声も出せず、ただ小さくうなずいた。

◇　◇　◇

何かを伝えたわけではなかったのだけど、今日のラナはやたらと入念に入浴の手伝いをしてくれた気がする。

最後に脱衣所で不思議とベタベタしない香油を全身に薄く塗られ、二人で部屋に戻った。

どことなくそわそわしているラナは、私にナイトドレスを着せて部屋から去っていった。

えっと……ラナ、ガウンは？

——明らかにばれているわね、これは。

城に戻ってきてからの私が挙動不審だったせいかもしれない。アルフレッド様も同じく挙動不審だったけど。

さすがにナイトドレス一枚で待つ勇気はなくて、クローゼットから同じ生地のガウンを出して着た。

そのまま部屋の中をウロウロして、無意味にカーテンを開けたり閉めたりして、とりあえずベッドに腰掛ける。

緊張のあまり喉が渇いて、水差しから水を注いで飲んだ。

そこから微動だにせず床の木目を見続けること、数分？　数十分？　時間の感覚もおかしくなってきたわ。

また無意味に立ち上がろうとしたとき、ノックの音が響いた。

緊張が一気に高まる。

「……はい」

かすれた声で返事をする。

アルフレッド様が静かに入ってきた。

彼を見ていられず、視線を下げる。

　彼が隣に座って、ベッドが沈んだ。

「……」

「……」

　沈黙の中、自分の鼓動の音が聞こえるようだった。

「……なんというか」

「はい」

「俺は緊張している。ものすごく」

「私も、です」

　口元に少しだけ笑みが戻る。

　彼の体から、かすかに石鹸の香りがした。

　身にまとった飾り気のないシャツの上からでも、彼がたくましい男性的な体つきをしているのがわかる。

　それが今は少しだけ怖い。

「もしまだ心の準備が追いついていないのなら、今日はこのまま部屋に戻る。もちろんそれで気を悪くしたりしないから安心してくれ。君の気持ちが整うまで待つ」

　彼の顔も見られない臆病な私を、気遣ってくださったのね。

　私は顔を上げて彼を見つめ、首を振った。

「政略結婚が当たり前の貴族として生まれて、こうして愛する人と結婚できるなんて、こんなに幸せなことはありません。だから……」

　言葉が続かなくて、また視線を下げてしまう。

　決して嫌なわけじゃない。

　むしろこうなる相手は彼しか考えられない。

　ただ、緊張して恥ずかしくて、どうしていいのかわからない。

　彼が私の頭にそっと手を伸ばし、安心させるように何度も撫でて髪を指で梳いた。

　優しい瞳と手つきに、体の力が少し抜ける。

　彼は髪から手を離し、私の左手を下から支えるように持って指先、甲、そして指輪と口づけていく。

　そして私の右手も左手と同じように下から支えるように握り、私の瞳をまっすぐに見つめた。

「私、アルフレッドは」

「？」

「フローラを生涯唯一の妻とし、喜びの時も悲しみの時も、神の試練が降りかかりし時も、心から愛し敬い慈しむことを誓います」

　予想もしていなかった言葉に顔を上げると、アルフレッド様が優しく微笑んでいた。

「初夜をやり直す前に、誓いもやり直したほうがいいと思ったんだ。あの時のようにただの儀式に伴う言葉じゃなく、心からの誓いを君に捧げたかった」

　視界がぼやけて、涙が私の頬を濡らす。

ああ、私は。幸せな気持ちになると、こんなにも簡単に泣いてしまう。

「今、誓いの言葉を言うなんて、ずるいです……。こんなの、泣いてしまうではありませんか」

彼が小さく笑った。

「私、フローラは、アルフレッドを生涯唯一の夫とし……、喜びの時も悲しみの時も、神の試練が降りかかりし時も……心から愛し敬い慈しむことを誓います……」

アルフレッド様が私を優しく抱きしめる。

あやすように背中をさすってくれた。

大きな手が私の顔を上向かせ、額に、濡れた頬に、唇にそっと口づけられる。

そしてまた抱きしめられた。

涙が止まった頃、顔を上げる。近い距離のまま見つめあった。

「愛しています……」

「俺も愛している、心から」

また、唇が重なる。

口づけが深くなり、私を抱きしめる腕に力が入っても、もう怖くはなかった。

夢と現《うつつ》の狭間で、いつもは柔らかいはずの枕がなんだかゴリゴリと硬いな、とぼんやりと思う。

状況がよくわからないまま目を開けて、ドキッとした。

眠っているアルフレッド様の横顔と、何も身に着けていない上半身が視界に飛び込んできたから。
硬い枕だと思っていたのは彼の腕だった。
ああ……そうだった。私、アルフレッド様と……。
昨夜の出来事を思い出して、恥ずかしさのあまり全身が熱くなる。
心のどこかで、彼は途中で女性恐怖症を思い出してしまうのでは、と思っていた。
思っていたのだけど……。
うう、なんだかアルフレッド様の新たな一面を見た気がするわ。
ふと彼のたくましい体に視線を移すと、あちこちに傷跡があることに気づいた。
先頭に立って魔獣と戦う以上、怪我は避けられないのかもしれないけど。
できる限り、もう怪我はしないでほしいわ。
喉が渇いて、水を飲もうと体を起こす。
同時に彼が目を覚ました。
「あ……。おはよう、ございます……」
「！　あ、ああ……おはよう」
ナイトドレスの肩紐がすべり落ちて、慌てて直す。
今さらと言えば今さらなのだけど。
彼も恥ずかしそうに下を向いていた。
「体は……大丈夫か？」

「あ、はい、なんとか……」

「そうか……」

「はい……」

沈黙が下りる。

お互いに赤くなっているのがわかった。

「あー……。朝食をとりに行こうか。着替えるために部屋に戻る。君の身支度が終わってから一緒に行こう」

「はい」

彼がベッドから出る。

下半身にも何も身に着けていなかったらどうしようかと思ったけれど、そこは紳士のたしなみかトラウザーズを履いていた。

昨夜ベッドの上に脱ぎ捨てたシャツを拾って袖を通し、申し訳程度にいくつかボタンを留めていくその仕草になんだか男性的な色気を感じて、またドキドキする。

こういう関係になっても、彼の色々なところにドキドキするのは変わらないのだな、と思った。

彼が部屋に戻ってから、ベルでラナを呼ぶ。

ラナは平静を装っているけど、なんというか……微笑んでいる。

ニヤニヤとかニコニコじゃなく、ウフフとでも聞こえてきそうな、どこか慈愛に満ちてすらいる微笑。

何も言わず支度を整えてくれたけど、……やっぱり気恥ずかしい。

ダイニングルームで朝食を食べ始めても、なんとなく気まずくて照れくさくてぎくしゃくしてしまう。

ちらりと壁際を見るとシリルもやっぱりウフフ顔をしていた。

や、やめて……。

「お前たちその顔をやめろ」

そう言うアルフレッド様の声もどこか力がない。

「おや、その顔とは。何かございましたか」

「性格が悪いぞ、シリル。もういい」

気まずさのあまり、やや急ぎ気味に朝食を食べ終えたところで、アルフレッド様が散歩に誘ってくださった。

外の空気を吸いたい気分だったからありがたいわ。

庭園に行き、ベンチに座って二人でしばらくボーッと花を眺めた。

「……なんというか。落ち着かないな」

「はい。アルに対しても照れ臭いですし、ラナたちにいたってはなんだかもう」

「ああ、わかる」

また黙って、二人で花を眺める。

「まだ……体がつらいだろう」

その言葉に、頬が熱くなる。

「それほどでも……」

「数日は、静かに眠ろう。だが一緒のベッドで寝てくれるとうれしい」

「はい」

私の体を気遣ってくださるのがうれしくて、笑みが浮かぶ。

彼が私の手を握る。

関係が深まっても、その手の温かさも優しさも変わらない。

変ってゆくこと、変わらないこと。夫婦ってそういうものなのかしら。

でも、年を取ってお互いしわしわになっても、こうして手をつないでいられたら。

きっととても素敵な人生でしょうね。


夜になってアルフレッド様が部屋を訪れて、宣言通りただ静かに二人でベッドに入った。

朝になって一緒に寝ていたことを知られたら、またウフフ顔をされてしまうのかしら。

でも夫婦だもの。こうして一緒に寝るのが普通よね。

「おやすみ、フローラ」

「おやすみなさい、アル」

私を抱きしめる彼の体温の高さが心地よくて、すぐにうつらうつらしはじめる。

胸元に頬を寄せると、彼が小さくうめいた……気がした。

翌朝、やっぱり枕がゴリゴリと硬いなと思いながら目が覚めた。

◆　◆　◆

両開きの大きな扉をそっと開け、中に足を踏み入れる。

誰もいない早朝の礼拝堂の中は冷え切っており、雪がちらつく外とほとんど変わらない寒さだ。

白い息を吐きながら奥へと進み、一番前の長椅子に腰掛ける。

しばらく何をするでもなくぼーっと天井を見つめ、やがて祭壇の奥にある像に視線を移した。

背に翼のある、天秤を持った男とも女ともつかない神の像。

我が国で崇められている、正義と運命を司る神をかたどったものだという。

神、か。

背後で扉が開いた音がした。

「おや、アルフレッド様。珍しいですな」

オウルが朝の掃除のために礼拝堂に入ってくる。

腰の調子も良くないだろうに、相変わらずここの掃除だけは欠かさない。

「もしや何かお悩みですかな？　信心深くないアルフレッド様がここにいらっしゃるのは、悩み事があるときや静かに考え事をしたいときですからなぁ」

うほほ、とオウルが笑う。

「悩みか……。あえて言うならフローラが完璧すぎることだろうか」

「なんじゃ、のろけにいらしたのですか」

「告白してからもう半年にもなるが、俺は毎日フローラが愛しくて仕方がない。まあそれはいいとして」

「とりあえず遠慮なくのろけるんですな。それで？」

　どっこいしょ、とオウルが俺の隣に腰掛けた。

「悩みというか、ふと考えることがあるんだ。フローラが……あまりにも俺にしっくりきすぎている気がする。相性が良すぎるというか」

　オウルが頬を染めながらじっとりと俺を見てくる。

　その表情を見てなんとなく察した。

「夜の話じゃない」

「まあ良いことですよ、うほほ」

「違うと言っているだろう。そうじゃなく、フローラの魔眼、魔力、血筋。育ってきた境遇に性格、クロスボウの腕。そして嫁いできたタイミング。なんだか恐ろしいくらいに、辺境伯夫人として、俺の妻として俺に都合が良すぎる気がして。そして今が幸せすぎて」

「ああ、なるほど」

　オウルも神の像を見上げる。

「もしや神の力でも働いているのではないかと？」

「神というものが実在するとしたら、だが」

「そうですなあ……神は時々人の運命に〝いたずら〟をすると言いますな。運命の型がぴったりとはまる男女を出会わせることがあるのだとか。ただ、牧師をやっておいてなんですが、神が本当にいるかどうかはわかりませんな」

オウルが白い顎髭を扱く。

「たしかに色々と話を聞いていると、奥様はアルフレッド様にとって、これ以上ないほどぴったりと合うお方なのでしょう。まるであつらえたかのように」

「ああ」

「ですが、神が目の前に運命をぶら下げたのだとしても、つかみ取ったのは人間であるお二人でしょう。お二人の選択したもの、歩んできた道、相手を思う心。そういうものが形になって、これ以上なく相性の良いお二人が毎日いちゃいちゃと幸せでいられるのです」

「いちゃいちゃって……」

そう言われるほど、人前でフローラとベタベタ触れ合ったりはしないんだが、それはさておき。

オウルの言う通りかもしれない。

たった一年で終わる関係だから、女性が嫌いだからとフローラに感謝すらせず粗略に扱っていたら。

女性恐怖症克服の手伝いをするというフローラの提案を、俺が受け入れていなければ。

カインへの嫉妬に狂って、自暴自棄になったりフローラを傷つけたりしていれば。

きっと今の幸せな時間はなかったのだろう。

「神の存在については、あまり深く考えられませぬよう。女性としてのみでなく能力までもがぴったりな運命の相手を連れてきてくださったんだな、ありがとうございます大事にします、となんとなく感謝していればそれで良いのです」

「ふ、そうだな」

フローラとの出会いが、ただの偶然であれ神のいたずらであれ関係ない。

俺は彼女を大切にしていく。ただそれだけだ。

「なんだかすっきりしたよ。ありがとうオウル。フローラの顔が見たくなったから行ってくる」

「うほほ、お熱いことでうらやましいですのう」

からかうようなことを言いながらもオウルの表情は慈愛に満ちていて、あらためてその存在をありがたいと思った。

「仕事はあまり無理するなよ。シルドランの業務も増えた分、大変だろう。体を労われ」

「ああ見えてビクターは働き者で仕事もできますからな。かえって楽になったくらいですよ」

フローラの口添えもあって、ビクターを雇ってオウルの下に置き、主にシルドラン関連の業務にあたらせている。

ガーランドの機密には触れさせないし雑用も多いが、ビクターは俺やフローラに感謝しながら毎日遅くまで生き生きと仕事をしている。

シルドランにもよく足を運んでいるが、あの年齢とあの仕事量でよく体を壊すことなく働き続けられるものだと感心する。

給与に関しても、自ら申し出て本来の半分の額しか受け取っていない。

フローラ様を助けられなかった自分がまともに給与を受け取るわけにはいかない、生きていくだけならこれでじゅうぶんだと。

あの男はとにかく仕事……というかシルドランが好きで、なぜあそこまでシルドランにこだわるのか薄気味悪いくらいだ。

まあオウルのためになるのなら多少気味が悪くても害はないのでいいだろう。

礼拝堂を出てまっすぐにフローラの部屋に向かい、扉をノックした。

しばらく待っても返事がなく、部屋にそっと入る。

彼女はソファの背もたれに背を預けたまま目をつむっていた。

一瞬、具合でも悪いのかと不安になったが、呼吸は規則正しく顔色も悪くないのでひとまず安堵する。

ただ、最近フローラはよく昼寝をしている気がする。

それ以外は元気なようだが、心配だ。一度医師に見せるか。

フローラがふっと目を開ける。

「あ……アル。いらしてたんですね」

「眠いのならベッドで寝ていていいんだぞ」

「いいえ、もう起きます。最近なんだか眠くて」

「寒くないか？　もっと暖炉に薪をくべようか」

「大丈夫です」

俺はフローラの隣に座り、彼女の肩にショールをかけなおした。

そのまま包み込むように肩を抱く。

「ふふ、温かいです」

フローラが俺の胸元に顔をすり寄せる。

くっ、相変わらずかわいい。心臓がギュッとなる。

ふと下に視線を移すと、彼女の膝の上に手紙らしきものがあった。

「手紙を読んでいたのか？」

「はい、妹からの手紙です」

彼女がかいつまんで内容を話してくれた。

妹は商人としての勉強が楽しいようで、性に合っていると言っていること。

カリスト義叔父上は商売に関しては厳しいところもあるが優しく、頑張れば頑張るほど認めてくれること。

元伯爵は一億を当てにしてか、賭博場に出入りしようとして義叔父上に連れ戻されたり、借金をしようとして保証人がいないからと断られたりといった日々が続いていたが、義叔父上に説教された際「金はある」と一億に関する契約書を見せたことで、金は手に入らないと知ったこと。

抜け殻のようになって三日間部屋から出てこなかったとか。ふっ笑える。

ショックが大きすぎてあきらめがついたのか、最近はすっかりおとなしくなって雑用をこなしているらしい。

「驚いたのは、妹がアーサー様と先日入籍したことですね。シルドラン伯爵家が没落したから、絶対に逃げると思っていたのですが……」

あのヘタレを捕まえて入籍にまで持ち込むとは、妹は思ったよりもやり手だな。

結婚後は間違いなくあの男を尻に敷くだろう。

そう考えると、姉妹で似ている部分もあるということだな。

「イレーネ夫人の行方はわからないままのようですね。父もあきらめて離婚届を提出したそうです」

「そうか」

フローラに言うつもりはないが。

本当は、俺は後妻の行方を知っている。

あれは二か月ほど前——。

「元伯爵の後妻の行方がわかりました」

執務室に入ったところで、俺に続いて入室したシリルがそう報告してきた。

俺がシルドラン伯爵になったことでフローラにおかしな逆恨みをして、万が一にも害をなすようなことがあっては困るからと行方を探らせていたが、見つかったのか。

「じいちゃんが来る前に話しておきますね。ご主人様の読み通り王都にいました。バナマン商会の会長のところに後妻として入り込んだようです。正式に入籍しているかは定かじゃありませんが」

「商会の会長ということは、また金持ちの後妻か」

「まあそう言えなくもありませんが」

シリルが腹黒そうな笑みを浮かべて鼻で笑う。

フローラには見せられないな、こんな顔。

「何かあるのか？」

「まずバナマン商会の会長といっても名誉職みたいなもので、商会はすべて息子の支配下にあります。財産も九割以上は息子に移譲しています。どうも親子で商会の実権をめぐって争って負けたみたいですね。息子が父を完全に追い出さず会長職に置いたままの理由まではわかりませんが」

ようはたいした金は持っていないということか。

「その会長の人となりも調べはついているのか？」

執務用の椅子に腰掛け、話の続きを促す。

シリルがうなずいた。

「人でなしのド変態らしいですね。今六十二歳ですが、元伯爵の後妻と正式に結婚したとしたら六度目の結婚ですかね。どう変態なのかは気分が悪くなる話なので省略します」

「……それを承知で変態会長の後妻になったのか？」

「さあ、どうでしょう。知らなかった可能性のほうが高いと思いますが」

知らずに〝ド変態〟な老人に嫁いだというわけか。

まあ自業自得だが。

「貴族はもう狙えないでしょうし、贅沢に暮らすにはあとは金持ち商人くらいしかないと考えていたんでしょうね。王都の高級バーで金持ち男を漁《あさ》っている際に出会ったようです」

「お前が変態会長に後妻を紹介したのか？」

「僕は何もしていませんよ。知り合いでもありませんし。金目当ての女とそういう女を狙っている男ですから、出会うのは必然でしょう。監禁大好き変態ジジイの妻となったわけですから、王都をウロついて奥様の妹や元伯爵と鉢合わせすることもないでしょう」

なんだか気分の悪くなるような話だ。

だがフローラを虐待し、身の丈に合わない贅沢をし続け、最後には自分の娘まで捨てて自分だけ逃げた女だ。

少しも気の毒とは思わない。

没落した伯爵とそのまま人生を共にしていたら、金持ちではないにしろ家族と穏やかに暮らしていけただろうに。

金だけを優先してきた人生の行き着く先がそこだったというだけだ。

「……アル？」

俺を呼ぶ声にはっとする。

隣には、俺を見つめるフローラ。

「ああ、すまない。少し考え事をしていた。たいしたことじゃない」

後妻の現状を教えるつもりはない。

聞いて楽しい話ではないし、フローラは自分を虐待していた女だからといって不幸話を喜ぶ人間でもない。

下手に話してしまえば妹を思って心を痛めるだろうし、彼女の表情を曇らせたくはない。

あの女が二度とフローラの脅威になることはないと、俺が知っていればそれでいい。

俺は彼女の額に口づけると、再び肩を抱き寄せた。

「アルと触れ合っていると、温かくてまた眠くなってしまいます」

「もしかして体調が悪いのか？　医師を呼ぼうか」

「……そうですね。呼んでいただけますか？」

「！」

俺は慌てて体を起こす。

そんなにも体調が悪かったのか……⁉

「そんな顔をなさらないでください。おそらく心配はいりません。できれば女医さんだとうれしいのですが」

「……？」

フローラがふわりと笑う。

愛しくてたまらない、いつまでも見ていたい俺の大好きな笑顔。

「月のものが、しばらく来ていないのです」

月のものが来ていない？

ということは。

「子が……できたのか？」

「まだはっきりとしたことは言えませんが、その可能性があるかと」

一瞬、頭の中が真っ白になって体が固まる。

子供が。

俺たちの子供ができたというのか。

「そ、そうか。まずは医師を呼ぶことにしよう。あ、いや、まずは体を温め……そうじゃなくてベッドに横に……いやその前に栄養のあるものを……」

「アル、落ち着いてくださいませ」

「あ、ああ、そうだな」

動揺を隠せない。

フローラの中に、俺とフローラの命が混じりあった、俺たちの子がいると。

「まずは……医師だな。子ができたか確かめるために、医師を呼ぼう。ガーランドには妊娠出産に詳しい女医もいる。彼女を呼ぼう。手配する」

「はい、お願いします」

「そうか……子ができたかもしれないと……」

口元を手で覆う。

信じられない。実感が湧かない。

「戸惑っていますか？」

「そう、だな。いや、喜びを感じていないわけじゃないんだ。愛する君と俺の子だ、君の夫としても領主としてもうれしくないわけがない。ただ、なんというか……現実感がないというか」

「ふふ、いいのですよ。急に父になるかもしれないと言われたのですから、実感が追いつかなくて当然です」

「ああ、だが……」

フローラをそっと抱きしめる。

「やっぱり、君と俺の子が宿っているかもしれないと思うと、うれしい。できていたらいいな」

「はい」

「体を大事にしてくれ。冷やさないように部屋を常に暖かくするようにしよう」

「ありがとうございます」

「栄養のあるものもたくさんとるといい。ああ、妊娠するとあまり食べられない時期もあるのだったか。まずはトマスに相談して……いやその前にラナだな。あとは護衛の騎士も増員を……いやそれよりもメイドを増やして……ああ、腹部が出るから締め付けのない服も……」

「アル、落ち着いてくださいませ」

「……はい」

　フローラがクスクスと笑った。

　その後すぐに医師を手配し、――フローラの妊娠が確定した。

　ラナは「やっぱり……」と目に涙を浮かべて喜んでいた。

　オウルは完全に泣いていた。

　だが、妊娠は特に初期には何が起こるかわからないというから、ごく内輪の者に知らせるにとどめた。

　人を腹の中に宿すというのがいかに大変か、その後のフローラを見てよくわかった。

　まず診断後すぐに、ひどく具合の悪そうな時期がきた。

　つわりというのだと昔習ったな。

　もともと多少具合が悪かったのが、ピークを迎えたらしい。

　食べられないものが増えたが、なぜか揚げて塩を振ったイモをやたらと好んで食べていた。

　その時期を過ぎると、徐々に食欲が増していった。

　だが、難産を避けるため体重を増やしすぎないよう言われているらしく、食欲と理性の戦いになっていた。

　腹部のふくらみはだんだんと大きくなり、春を迎える頃には周囲にもはっきり妊婦とわかるほどになった。

うつ伏せはもちろんのこと仰向けにも寝られず、常に横向きに寝ていた。

この体では寝返りも難しいだろう。

出産する夏までこんなに大変な日が続くのか……。

◆　◆　◆

今日は暖かいので、フローラを庭園の散歩に誘ってみた。

もうすっかり春だな。

……春、か。

思えば、フローラと結婚してもう一年以上経ったんだな。

時が経つのはあっという間だ。

結婚を強制する法律も予定通り撤廃になったが、自分が女性を愛することができるようになった今でも、やはり撤廃になってよかったと思っている。

血を次代に継ぐことは貴族としてもちろん大事だが、そのタイミングは法によって強制的に決められるべきではないと思う。

この法律のおかげでフローラと出会えたことを思うと、少し複雑ではあるが。

彼女が転ばないよう、手をつなぎながらゆっくりと歩く。

庭園に着いてベンチに座った彼女は、ふう、と大きく息をついた。

「だいぶ腹部が大きくなってきたな」

「ええ。でもまだまだ大きくなるそうですよ」

自分の内臓の中に人がいて、それが日々大きくなっていくという状態が想像できない。

ちょっと恐ろしい。

しかも赤子とその他色々で数キロの重りが腹にある状態だ。

馬などの妊娠出産は見たことがあるが、自分の妻の話になると感じ方がまったく違う。

当たり前だが。

「妊娠というのは本当に大変なものなんだな。もっとフローラのために何かしてやれたらいいんだが」

「ふふ、じゅうぶんにしていただいていますよ」

「欲しいものやしてほしいことがあったら、なんでもいいから言ってくれ」

「はい、ありがとうございます」

フローラが穏やかに笑う。

ひざ掛けを彼女の腹部と下半身を覆うようにかけ、俺も隣に座る。

「だいぶ暖かくなりましたね」

「ああ。やはり暖かい季節はいいな」

「結婚してもう一年以上経ったのですね。本来なら私はもうここにいないはずだったというのが、なんだか不思議な感じです」

「う……」

「ふふ、皮肉を言っているのではありませんよ。ただ、契約結婚のためにここに来たときは、こんな未来は想像できなくて」

「そうだな……俺もそうだった。まさか俺が女性を愛し、父親になるなんて夢にも思っていなかった」

ひざ掛けに覆われた彼女の腹部を見る。

もう腹の中で動いているのがはっきりとわかるのだという。

夏に出産となるが、そこまではもうあっという間なのだろうな。

もうすぐ、俺は父親になる。

「父親、か……」

そんな言葉が口から漏れる。

自分の父のようにならない自信だけはあるが、まともじゃない両親のもとに生まれた俺が、まともな親になれるのだろうかとふと不安になる。

親に愛されなかった俺が、子供をどう愛していけるのだろうかと。

もちろん両親と違ってフローラとの間には愛がある。

だが……。

フローラの手が俺の手に重ねられる。

彼女は優しく微笑んでいた。

「たくさんのことを、この子にしてあげましょうね」

「！」

「泣いたら泣き止むまで抱っこしてあげましょう。お誕生日は毎年祝いたいです。お風呂は広いですから、子供が小さいうちは家族で一緒に入るのもいいですね。歩けるようになったら、広い野原をお散歩して。夏は小川で水遊びするのもきっと楽しいです。冬は暖かい部屋で絵本をたくさん読んであげましょう」

「ああ、そうだな。そうしよう」

俺の内心を察したかのようなその言葉に、喉の奥がぐっと詰まる。

……そうだ。

俺の両親がどうであろうと関係ない。

俺たちの子が生まれるそのときに、父親としての俺もまた生まれるんだ。

愛情を忘れなければきっと大丈夫だ。一緒に成長していける。

自分がしてもらえなかったことも、この子に精一杯していこう。

「生まれてくるのが、楽しみだな」

「はい」

フローラが、俺の隣で穏やかな笑みを浮かべている。

今こそ膝をついて神に感謝したい。

この素晴らしい人と出会わせてくださってありがとうございます、と。

◆　◆　◆

季節は夏へと移り変わり、いよいよその時がやってきた。

フローラが産気づいた。

俺は呼ばれるまでシリルとともに自室で待機することになっている。

シリルは俺の制御役なのだという。どういう意味だ。

隣の部屋からは、時々フローラの苦しそうな声が聞こえてくる。

心配で心配で仕方ないが、様子を見に行くことは許されない。

呼ぶまで絶対に入って来るなと、女医と産婆とマリアンとラナに釘を刺されている。

俺はひたすら部屋の中をウロウロ歩いていた。

一度退室していたシリルが、ノックとともに再度部屋に入ってくる。

「まだウロウロしてたんですか、ご主人様。ちょっと落ち着いてください」

軽食とティーセットを載せたカートをテーブル脇に置き、俺にソファに座るよう勧める。

だが座る気にもなれず、隣の部屋へと続く扉を見つめる。

「これが落ち着いていられるか。フローラが苦しんでいるんだぞ」

「もちろん僕だって心配ですが、ご主人様がウロついていたってなんの解決にもなりません」

「だが、陣痛が始まってからもう何時間になる？　難産か⁉」

「痛い時間とそうじゃない時間が交互にやってきて、その間隔が短くなっていくんだと習ったじゃないですか。初産だと時間がかかるというし、ちょっと座ってください。ほら、お茶を淹れて差し上げますから」

　シリルが紅茶を淹れてテーブルの上に置く。

　ひとまず座り、何も考えず水でも飲むように淹れたての紅茶を口の中に含んだ。

「熱いっ！」

「当たり前じゃないですか。はぁ……こんなに動揺しているご主人様は見たことがありませんよ、まったく」

「……くそ」

　額に手を当て、長いため息を漏らす。

「心配で仕方がないんだ」

「わかっていますよ」

「出産は痛いらしい。ものすごく」

「そのようですね」

　軽食をテーブルに置きながらシリルが答えるが、その冷静さにいら立った。

「何をのんきな。男が出産したら痛みのあまり死ぬと言われているんだぞ」

「そうはならないだろうというのが最近の説ですよ。どのみち確かめようがありません。魔獣との闘いで幾度となく怪我をしているご主人様だって、結構な痛みを味わっていると思いますが」

「そんなのはどうでもいい。戦闘中は興奮しているから痛みもあまり感じないんだ。だが出産は赤子とはいえ人間を一人、自分の中からひねり出すんだぞ」

「そう考えると怖いですよね」

「ああ、恐ろしい。母になるというのはものすごいことなんだな」

「はい……」

「……」

それからどれほど経ったのか。

フローラが苦しげにうめく声が強くなってきた。

もう少しですよ、という声に、思わず立ち上がる。

フローラのひときわ苦しそうな声が聞こえ、その後静寂が訪れた。

不吉な考えが頭を支配する。

まさか……⁉

俺の不安を振り払うように、赤子の泣き声が響き渡った。

「……！」

「おめでとうございます、ご主人様！」

シリルが珍しく満面の笑みを見せる。

「……、……。ちょっと行ってくる」

「えっ、あ、ダメですよ！　まだ呼ばれてないんですから！」

シリルの言葉をどこか遠くで聞きながら、足が勝手にフローラの部屋へと向かう。

後ろから抱きつくようにして止めようとするシリルを引きずりながら扉の前まで来たとき、ガチャリと扉が開いた。

そこには無表情なラナが立っていた。

そしてぺこりと頭を下げる。

「おめでとうございます、ご子息が無事お生まれになりました。母子ともに健康です」

「……！　そ、そうか、よかった！」

「ですがまだお呼びしていませんので、部屋で大人しくお待ちください。色々ありますので」

「……はい」

俺は今度こそ大人しくソファに座った。

それから一時間以上経って、ようやく入室許可が下りた。

震える足でベッドに近づくと、布に包まれた小さな小さな黒髪の赤子を腕に抱くフローラがいた。

少し疲れているように見えるが、その表情はどこか達成感に満ちていて、俺が近づくと笑みを向けてくれた。

なんだこれは。

聖母を描いた一枚の絵画なのか。

後光でも差していそうなほど美しく、清らかで……心が洗われるようだ。

「無事に生まれました。男の子です。抱いてごらんになりますか？」

「あ、ああ……」

マリアンがフローラの傍に行って、赤子を受け取る。

少しずつ俺に近づいてくる、……俺の息子。

腕をこうして、首が据わっていないのでここに首をのせてとマリアンに指導を受け、小さな息子をおそるおそる腕に抱く。

軽い……小さい。

小さいのに、とても温かい。

なんだこのかわいい生き物は。

手もこんなに小さいのに、爪まであるじゃないか。

赤子がうっすらと目を開けると、きれいな紫色の瞳をしていた。

「ああ……瞳はフローラに似たんだな。とてもきれいだ。顔立ちは、どちらに似ているのかまだよくわからないな。なんだかはっきりとしない顔立ちというか」

「生まれたてはそういうものでございますよ。時が経つごとに愛らしいお顔になっていきます」

マリアンが笑いながら言う。

あまりに小さく柔らかい息子をいつまでも抱いているのが怖くて、再びマリアンに預けた。

マリアンがフローラのもとに息子を戻す。

「……かわいいな」

「はい、とても」

「お疲れ様、フローラ。体がつらかっただろう」

「ふふ、こんなにかわいい子と会えたのですから、つらさなど忘れてしまいました」

そう言ってフローラは赤子の額にそっと頬をあてる。

「でもお腹が空きました」

そのたくましさに、思わず笑ってしまった。

黒い髪に、紫の瞳。

俺とフローラを混ぜ合わせたような、俺たちの息子。

瞳の色だけではわからないが、魔眼は受け継いだのだろうか？

いや、今はそんなことは考えなくていいな。

愛する妻は元気で、俺たちの血を継ぐ息子も無事に生まれてくれた。

そしてものすごくかわいい。

今はただ、この幸せを噛みしめていよう。

◇　◇　◇

息子が生まれて一週間経ったけれど、困ったことがある。

名前が決まらない。

アルも私もずっと頭を悩ませているのよね。

ベッドの上で上半身を起こしている私の隣には、小さな息子がすやすやと眠っている。

ふふ、かわいい。ちいさい。

顔立ちが少しずつはっきりしてきたわ。

ベッドの横の椅子に座っているアルも、眠るわが子を優しい目で見ている。

「なんとなくフローラに似てきた気がするな」

「そうですか？　私はアルに似ているものだと」

「じゃあ半々か？　まだよくわからないな。似ているほうの名前にちなんだ名をつけようとも思ったんだが……」

「そうですね。ですが名前はもう決めませんと」

アルが腕を組む。

「なら名前も半々にするか……」

「半々？」

「アルーラとか」

「うーん……どちらかというと女性的な響きのような気が」

「フロレッド」

「微妙ですね。無理に私たちの名前を合わせなくていいと思いますよ」

「うーん……」

二人とも無言になる。

合わせるのは無理でも、どちらかの名前を一部使ってみようかしら？

「アルカスもしくはアルバートは？」

「悪くないな。フレデリックは？」

「それも悪くないですね……」

悪くないのに、どうしてかしっくりこない。

毎日この調子なのよね。困ったわ。

名前は両親から子に与える最初の贈りもので、一生変わることのないものだから、どうしても悩んでしまう。

とりあえず、私とアルの名前からは離れたほうがいいのかもしれないわ。

この子にぴったりの名前。しっくりくる名前……。

「……この子が生まれたとき、この子は光だと思ったんです」

「光？」

「この世に生まれたばかりなのに、大きな声で泣き、手足をぱたぱたと動かして、とても温かくて。生命力に満ちあふれるその姿を、まるで光り輝いているようだと思いました。そしてこの子はこの地の希望の光であり、私たち二人をさらに明るく照らす存在でもあります」

「そうだな」

「名前、ルーカスはどうでしょう。古代の言葉では、光を表すのだそうです」

　アルの顔に笑みが浮かぶ。

「ルーカス……ルーカス・グランヴィルか。いいな。そうしよう」

「アルは本当にそれで構わないのですか？」

「ああ、いい名前だしなんとなくしっくりくる。それがいい」

「ありがとうございます」

「こちらこそいい名前を決めてくれてありがとう」

　お前は今日からルーカスだぞ、とアルが小さな手をそっと握ると、ルーカスがビクッ！　と両手を広げる。

　アルもビクッとして手を引っ込めた。

　二人ともかわいい。

「……危ない、起こすところだった」

「起きたとしても大丈夫ですよ」

「赤子というのは不思議な生き物だな。心配になるような弱々しさなのに、いや、だからこそか、周囲の大人を簡単に虜《とりこ》にする。手足を動かしたり泣いたりするだけなのに、見ていて飽きない」

「ふふ、そうですね」

「元気に大きくなれよ、ルーカス。早く歩けるようにならないかな」

「アルったら気が早いですよ」

「そうだな。今だけのかわいさもあるだろうから、それを存分に味わっておこう」

生まれる前は親になることに対して不安そうだったアルも、慣れないながらもこうして精一杯息子を愛してくれている。

この子の無《む》垢《く》な愛らしさが、アルの奥底に潜んでいた家族への複雑な感情を癒しているのかしら。

父親も母親も、子供に与えるばかりではなく、こうして子供から多くのものを与えられているのだなと思った。

◇　◇　◇

ルーカスが生まれて、早ひと月。

今日は城の大広間で、騎士たちへのルーカスのお披露目が行われる。

ルーカスが生後一か月の乳児ということもあり、私とルーカスは短時間で退出することになっている。

私たちが退出したあとは、跡継ぎ誕生の祝賀会としてアルと騎士たちが無礼講で夜遅くまで飲食をするのだとか。

騎士団を重視するガーランドらしい、のかしら。

ルーカスに配慮してか、騎士たちと私たちの距離はそこそこあいており、副団長であるカイン卿だけが私たちの近くにいた。

アルが、座っている私からルーカスを受け取り、前に出る。

「我が息子、我が後継者、我が光ルーカスだ。この子はこれから後継者として多くのことを学び、いずれガーランドを導く存在となるだろう。皆、この子を温かく見守り、また教え導いてほしい」

カイン卿がその場で片膝をつく。

「騎士団一同、ご子息のご誕生を心よりお祝い申し上げます。我らが忠誠をルーカス様に捧げます」

カイン卿のその言葉に、騎士たちも一斉に膝をついた。

ルーカスは私たちの息子であると同時に、グランヴィル家の後継者であり、皆を導き魔獣と戦う辺境伯となる子なのだとあらためて実感した。

この子がいずれ魔獣と戦わなければならない運命だと思うと心が騒ぐけれど、それは受け入れなければいけない。

魔獣との戦いに命をかけてくれている騎士たちにも、母はいるのだから。

少しでも身を守る力となるよう、せめて魔眼が遺伝していればいいのだけど……。

そんな心配をよそに、大広間にテーブルや椅子が次々と運び込まれてくる。続いて、料理や酒類も運ばれてきて、驚くような量がテーブルの上に置かれていった。

お披露目と忠誠の誓いは終わった、さあ宴会だ、という雰囲気に笑いが漏れる。

ルーカスは私の腕の中に戻ってきた。

乾杯も終わって飲食が始まり、そろそろ退出しようかと思ったところで、カイン卿が近づいてきて少し離れたところで足を止めた。

「失礼します。ご子息のお顔をもう少し近くで拝見したいのですが、お許しいただけますでしょうか」

「ええ」

カイン卿がそっと近づいて、私の腕の中のルーカスをのぞき込む。

彼が優しい微笑を浮かべた。

「ああ……なんとかわいらしい。今はこんなに小さく愛らしいですが、将来は強くたくましい男になられるでしょう。大きくなったら私が弓をお教えしますよ」

「……まあカインのほうが上手いから弓はカインに教わったほうがいいか。ただし剣は絶対に俺が教える。もちろん剣気と魔力の使い方も。教えるのは俺の剣が先だ」

アルがおかしなところで張り合っているようで、思わず笑ってしまう。

「ルーカス様はガーランドを照らす光となられるお方。騎士団一同、必ずやお守りいたします」

「ありがとう、カイン卿」

「団長と奥様のお子ですから、強い男になるのは間違いありません。魔獣すらもルーカス様の前にひれ伏すでしょう。将来が楽しみです」

もしかして、カイン卿は私の抱いた不安を見抜いたのかしら。

だから遠回しに励ましてくれているのかもしれない。

やはり優しい人だと思った。

「もしかしたら団長より強くなるかもしれませんね」

少し意地悪な笑みを浮かべて、カイン卿がアルを見る。

アルは鼻で笑った。

「ガーランド一の騎士の座は、ヨボヨボの老人になるまで明け渡さないぞ」

「どうでしょう。手ごわそうなご子息ですよ。奥様の愛情も独り占めされてしまうのでは？」

「息子といえどフローラは渡さない」

いったい何で争っているのか、よくわからなくなってきたわ。

でも、二人とも本気で険悪になっていないのはわかる。

男同士って不思議なものね。

「よしカイン、俺に絡んだ罰だ。飲み比べで勝負しろ」

「いいでしょう。床に這《は》いつくばる羽目になりますよ、団長」

「残念だがそうなるのはお前だ。フローラ、すまないがルーカスと先に寝ていてくれ」

「はい」

アルが騎士たちの輪の中に入っていく。

この子もこうして騎士たちと交流して信頼関係を築いて、互いに守ったり守られたりするようになっていくのかしら。

将来が心配じゃないわけではないけれど、なぜか少しだけ気持ちが軽くなった気がした。


薄暗い部屋の中。

物音がした気がして、ふと目が覚める。

「あ……すまない。起こしてしまったか」

アルがベッドの横で私を見下ろしていた。

飲み比べは終わったのかしら、ふふ。

彼の逆側に視線を移すと、柵のある小さなベッドの上でルーカスがすやすやと眠っていた。

「飲み比べはどうでしたか？」

「引き分けだな。なんというか……二人ともひどいことになった。あれはフローラには見せられない。ようやく少し酒が抜けてきた」

窓のほうを見ると、カーテンの隙間から見える外がうっすらと明るくなっていた。

もう明け方なのね。

「さすがに今日は一人で寝ようと思ったんだが、その前にどうしても君の顔が見たくなった」

私は体を起こして掛布団をめくった。

「一緒に寝ていいのか？」

「もちろんです」

彼が靴を脱いで私の隣に寝転がる。

「ただでさえ寝不足なのに起こしてしまうなんて。申し訳ない」

私は返事の代わりに微笑んで、彼のたくましい胸に抱きついた。

「！」

「私もアルの顔が見たかったからうれしいです。寝不足は平気です。ラナやマリアンが昼寝の時間を作ってくれていますから」

「……」

「アル？」

「子供ができて父親と母親になっても、やっぱり俺は君にドキドキしっぱなしだし、君は変わらず美しい」

「ふふ、私もずっとアルが大好きです」

アルが私を抱きしめる。

ゴリゴリ硬い腕枕も、もう慣れた。

この腕の中でだけは、私は母じゃなくただの女性に戻る。

「愛している。君と結婚してよかった」

「私も愛しています。契約結婚を受け入れてよかった」

「う……もう許してくれ」

「ふふっ」

「……今だけは、君はルーカスの母じゃなく俺の妻だ」

彼の顔が近づいてきた。私も目をつむる。

もう少しで唇が触れ合うというところで、ふぇぇぇぇという小さな泣き声が響いた。

アルが脱力する。

「口づけさえもままならないとは。やはり息子はライバルなんだな」

「なにを仰っているやら」

小さな息子を抱き上げて、膝の上に乗せる。

私の腰をアルが支えるように抱く。

なんでもないようで、かけがえのない時間。

家族が一緒にいられるこんな時間を、手の中にある幸せを、当たり前と思わずに大切にしながら生きていこう。

◇　◇　◇

その後私は次男と長女を産み、私たちは五人家族となった。

顔立ちが日に日にアルに似ていく、しっかり者のルーカス。

私とアルの特徴を半分ずつ受け継いだ顔立ちの、兄と妹のことが大好きな心優しい次男のオスカー。

同じく兄たちが大好きで、笑いながらハイハイでいつも二人を追いかけている、私そっくりの顔立ちのアンジェリカ。

末子で女の子ということもあり、アルはアンジェリカをひたすら甘やかしてかわいがっている。

私にそっくりなのがよけいにかわいいのだとか。

ある日突然婚約者を連れてきたらどうしよう……と今から心配しているアルが微笑ましい。

もちろんアンジェリカだけでなく、ルーカスとオスカーにも深い愛情を注いでいて、二人とはよく体を使った遊びをしている。

今から騎士として鍛えているのかしら。

子供たちを愛する父親になったアルは、子供の虐待など許せないと虐待防止法案を貴族院に提出し、先日ついにそれが可決された。

それは私のためでもあった。

私はもう虐待される子供ではないけれど、同じような思いをする子がいなくなってほしいと願っていることを、彼は知っていたから。

小屋で一人寂しく暮らしていたのが、もう遠い昔のことのように思えるわ。

今日は城壁の裏手にある草原に、家族でピクニックに来た。

眩《まぶ》しい光の中、元気に駆け回るルーカスとオスカー。

敷物の上に座る私のすぐ傍に、寝転がるアルとその体の上で寝息を立てているアンジェリカ。

愛する家族と過ごすこの時間が、本当に幸せだわ。

ルーカスが何かを見つけたらしく、動きを止めて口元に指を当てる。

オスカーもぴたりと止まった。

ルーカスが数歩足を進めたところで、彼の足元から小鳥がぱっと飛び立つ。ラタナ鳥だわ。

それを、ルーカスが虫とり網で捕まえた。

「……！　今の、見ていましたか、アル」

「ああ。完全に小鳥の動きを先読みしていた。以前からそうではないかと思っていたが……」

「魔眼を受け継いだのですね」

「そのようだ」

魔眼は彼を守る力になる。受け継ぐことができて、本当によかった。

ルーカスに「食べないのだから放してあげなさい」と声をかけると、彼はしぶしぶ鳥を網から解放した。

飛んでいく鳥の姿が見えなくなったところで、またオスカーと野原を駆け回る。

「グランヴィル家の未来は明るいな」

「そうですね」

「立派な騎士になるであろう元気な息子たちと、この上なくかわいい娘。何より、賢く美しく勇敢な最高の妻がいるのだから」

「ふふ、アルったら」

寝転がったままのアルの黒髪を撫でると、彼が私の手をとって手のひらに口づけた。

近寄ってきたルーカスが「またいちゃいちゃしてる……」と言って走り去っていく。
私とアルの穏やかな笑い声が、青空の下に響いた。

番外編①

恋心

「カイン・ラドフォード」

Positive Reijo Flora no Keiyaku Kekkon

日が落ちたあとの酒場は相変わらず盛況で、酔っ払いたちの騒がしい声が店内を満たしている。

今日は一緒に来た騎士団の連中の輪には入らず、一人でカウンター席に座って酒を飲んでいるおかげで、女性によく声をかけられる。すべて断っているが。

同僚たちの「副団長と来るとモテないんっすよー」「女性の視線を根こそぎさらっていくのひどくないすか」「イケメンはオレたちの敵」という言葉も、酔っ払いのたわごとと受け流す。

こういう場所では無礼講だ。

騎士たちは城では礼儀正しく真面目だが酒が入ると羽目を外しがちで、こうして私に絡む者、意味不明なことを言いながら腕相撲を始める者、客や給仕の女性に声をかける者、なぜか泣き出して同僚に悩みを打ち明ける者と様々だ。

もちろんすべての騎士が騒いだり奇行に走ったりするわけではなく、静かに飲食をしている者もいる。まあ個々の気質だろう。

犯罪行為はもちろんのこと、喧嘩や女性への強引な誘いなどは厳禁だが、市民に迷惑をかけない程度のことならある程度目をつむっている。

命がけの任務についている者たちだ、非番の時くらい気を抜ける時間と場所が必要だろう。

そもそも、ここはそういう目的で作られた公営の騎士慰労用の酒場だ。

とはいえ騎士専用というわけではなく市民も利用可能なので、騎士たちが騒がしくてもいいから値段の割に質のいい酒や料理を楽しみたい、騎士と交流を持ちたいといった理由で騎士以外の人間も出入りしている。

特に若い女性は、騎士との出会いの場としてここを利用している場合が多い。

だからといって彼女たちにも選ぶ権利はある。騎士たちには声をかけて振られたら絶対にしつこくするなと厳しく教え込んでいる。

……振られたらしつこくしない、か。

飲んだ酒が、急に苦く感じられる。

喧騒を背後に聞きながら、空いたグラスをカウンターの上に置いた。

今ので何杯目だったか……だんだんわからなくなってきた。

ハニーブロンドの美人が私の隣に立ち、見せつけるようにカウンターの上に豊満な胸をのせて声をかけてきたが、一人で飲みたい気分だからと断った。

騎士をゾロゾロ引き連れて来ておいて一人で飲みたいも何もないんだが、他に断り文句が思いつかなかった。

女性の誘いを断ったのも今ので何人目だったかな。思い出せない。

だいぶ酔いがまわってきたようだ。

私が女性から声をかけられても応じないことは、この酒場では有名な話なんだが……今日の私はそんなに弱って見えるのか。

隙があると思われているのかもしれない。きっと情けない顔をしているんだろう。

カウンターに肘をつき、額に手をやる。

ため息が漏れた。

そんな私を、少し離れたカウンター席に座る女性たちが頬を染めてチラチラと見ている。

顔が良くてうらやましいなどと言われるが、正直なところそれを面倒に感じることもある。

女性たちが惹かれているのは私という人間ではなくこの面の皮一枚で、魔獣討伐で醜く焼け爛《ただ》れでもしたら目も合わせなくなるだろうな、と皮肉めいたことを考えた。

だが容姿の良さに惹かれるのは人間の性《さが》だ。それは否定できない。

それに私だって人のことは言えない。フローラ様を美しいと感じていたのだから。

それだけが好きになった理由じゃないし、彼女の魅力は他にもたくさんあるが。

ああ、だめだ。また彼女のことを思い出してしまう。

——好きになってはいけなかった。

どれほど魅力的な女性だったとしても、彼女は私がお仕えするべき辺境伯の妻なのだから。

あのよけいな噂話さえ耳にしなければ、恋心がここまで暴走することもなく、ただ素敵な女性だと思うだけで済んだのだろうか。

団長とフローラ様に、夫婦としての実態がないという、あの話を聞かなければ。

騎士団の報告書をシリル殿に預けて宿舎に戻ろうとしたそのとき、「本当だって、ご主人様と奥様の間には何もないのよ！」という声を聞いてしまい、足が止まった。

若い女性……おそらくメイドが、廊下を曲がった先で団長について好き勝手に噂話をしているようで、直接たしなめるべきかメイドの特徴を覚えてシリル殿に報告すべきか迷った。

その間にも、話は聞こえてくる。

「何もないってどういうこと？」

「だからぁ、夜の生活がないってことよ。初夜も含めて一度もよ？」

「そういう話はまずいんじゃ……。そもそもそんな話を知ってるのはおかしいじゃない。私たちみたいな新人メイドは、ご主人様たちのお部屋に近づくことすらできないのに」

「お部屋の掃除担当が私の叔母なの。おかしなことができないよう侍女長の監視付きで掃除するけど、さすがに目隠しして掃除するわけじゃないから色々気づいちゃうでしょ」

「何か事情があるんじゃないの。なんにしろ、貴族の結婚のことにあれこれ言うのはまずいわよ。シリル様はそういうのにすごく厳しいんだから」

「ふーんだ、いい子ぶっちゃってつまんない。ご主人様って女がお嫌いよね？　だからなのかな。奥様はただのお飾りで、ご主人様って実は男が好きだったりするのかも？」

「やめてってば」

罰すべきは誰かわかったところで、下手に噂を広める前にこのおしゃべりなメイドを黙らせておこうと思った。

彼女たちの前に出て甘ったるい笑みを向け、適当に口止めすれば赤くなって何度もうなずく。

その直後に団長がいらしたのは驚いたが。

主の事情を簡単に周囲に話すメイドをそのままにはしておけず、だからといって内容が内容なだけに団長に直接言うのも気が引けたので、団長と別れてからシリル殿のところに戻って報告しておいた。

シリル殿のことだ、すぐに対処したことだろう。

どちらが何を話していたかしっかりと伝えておいたから、あのメイドとその叔母は解雇されただろうし、もう一人はさすがに解雇まではされなかったはずだ。

シリル殿に伝えたあとはそんな噂などそのまま忘れればよかったものを、色々とよけいな……本当によけいなことを考えてしまった。

もともと、団長が突然結婚したことに驚きはなかった。

好きな女性がいた様子はまったくなかったが、恋愛感情のない結婚など貴族には珍しくもない。

ただ、閨《ねや》を共にしている様子がないという話になんとなく引っかかりを覚えた。

その話自体が嘘である可能性もないわけではないが、仮に真実だとして。

団長の女性嫌いは有名な話だが、結婚した以上、閨を共にするのは義務でもある。

結婚するということは跡継ぎを作るということ。

特にここガーランドでは、一刻も早い男児の誕生が望まれる。

辺境伯としての責任感の塊のような団長が、大事な初夜すらすっぽかすだろうかと疑問に思った。

護衛についたサイラスが奥様は美しくて優しくて、と褒めちぎっていたし、義務でも抱きたくない女性というわけでもなさそうなのに。

子爵家である実家からの情報で、団長が同性愛者という噂が社交界で流れていることも知っているが、それは事実ではないとわかっていた。

真っ先に狙われそうな私を心配して兄が教えてくれたが、団長からは一度もそういう気配を感じたことはない。

そこでたどりつく、一つの可能性。

私は団長が結婚を心底憂鬱に思っていて、あの法律を撤廃しようと動いていることを知っていた。それがもうすぐ実現しそうなことも。

結婚を強制する法律と、団長の年齢。筋金入りの女性嫌い。突然の結婚と、結婚後一度も何もない二人……。

何より、騎士団を重視している団長が、奥様を騎士団に紹介することに消極的な様子なのが気にかかった。

それらのことから導き出した答えは、この結婚は法律が撤廃されるまでの契約結婚なのではないかというものだった。

なぜそんな推測をしてしまったのか。今では後悔しかない。

そのときは、私たちが考えていた以上に女性が嫌いなんだな、まあ最終手段として養子を迎えるという手もあるし、くらいにしか考えていなかった。

そして迎えた、フローラ様との初対面。

美しく愛らしい人だと思った。

貴族の女性にありがちな平民に対する高慢さはなく、かといっておどおどしているわけでもない。

騎士たちに対し、敬意を表すると仰ってくださったのも好感が持てた。

騎士たちに声をかけたときは、柔らかな雰囲気ながらも堂々とした様子だったのに、褒められると急に恥ずかしそうにする。

心が騒いだ。

そして同時に思った。団長はこんな方を、いずれ手放すつもりなのか？　と。

団長がシリル殿と話している間に、彼女に椅子を勧めて少し雑談をした。

柔らかな表情と声が魅力的だと思った。

私の容姿に心を動かされている様子は少しもないのに、頑《かたく》ななわけでもない。

よけいに興味をそそられた。

それはもう、一目惚れに近かったのだろう。

何も知らなければ、魅力的な奥様だと思っただけなのだろうか。

だが、フローラ様にお会いする前に導き出したよけいな推測が頭の中にあって、それが興味に歯止めをかける理性を取り払っていた。

もしかしたら契約結婚などではないのかもしれないと思いつつ、同時に考えた。

本当に契約結婚で、期限が決まっているのだとしたら、自分にもチャンスがあるのではないか、と。

そんな自分をさもしいと思ったが、欲しいと思ったものは自分で動いて手に入れようとしなければ、いずれ誰かの手に渡るだけだと知っている。

もし推測が誤っていて彼女が離婚しないのであれば、そのときは静かに身を引けばいいだけだと、そんな甘い考えを持っていた。

だが何度かフローラ様と接するうちに契約結婚に関する推測は確信に変わり、同時に恋心と欲が膨らんでいった。

何年振りかの恋に、浮かれていたのかもしれない。

手の届かぬ高嶺の花のような、高貴で美しい人。

それなのに、もしかしたら手が届くのではと思ってしまう危うさ。

しかし、かすかな期待はやがて不安に変わり、次第に焦りが生まれていった。

まず、フローラ様が私を男として意識する気配がないことに気づいた。

笑顔を向けてくださるし、弓を教えるためなら触れることも許してくださる。

だがその表情の中に女性としての甘さはなく、あくまで「ガーランド騎士団副団長」としか私を見ていないのだとわかった。

その一方で、団長の話になるとふわりと目じりが下がって、見とれるほどに美しい表情をする。

胸が痛んだ。

だが、いかにフローラ様が魅力的な方でも、彼女の気持ちがどうであっても、団長にとって女性は苦手な存在だ。

フローラ様は離婚後の自立を考えている様子だし、たとえ今私に興味がなくても、これから自由の身になるなら、何年かかってでも振り向かせてみせると自らを鼓舞した。

だが、団長がインビジブルを倒したあと、フローラ様に蒼白な顔で駆け寄り必死に名を呼んでいるのを見たとき、確信した。

団長もまた彼女を愛しているのだと。

団長は彼女を手放さないだろう。

結局、私が一人で浮かれていたに過ぎなかった。

二人の間に、私の入り込む隙間などなかったのだ。

そこまでわかっていたのに、あきらめきれなかった。彼女を忘れられなかった。

民を守るために己が身を危険にさらし、魔獣に立ち向かった弓の女神。

彼女が震えていたのを知っていた。

騎士として訓練を受けた男ですら、初めて魔獣を目にしたときには腰を抜かしたり泣き出したりする者もいる。

それなのに、彼女は自らの恐怖を抑え込み、騎士ですら歯が立たないような魔獣と戦ったのだ。

インビジブルは執拗に彼女を狙っていた。それを知っていて、彼女はやつを町に行かせないよう、あえて戦場に残ったのだろう。

覚悟を身にまとったフローラ様のあの姿に、私は心底惚れてしまった。後戻りができないほどに。

そんな彼女を守りたかった。だが、私には守れなかった。

結局インビジブルを倒し、彼女を守ったのは団長だ。

いくら弓が得意でも、私には団長のような規格外の強さはない。

フローラ様の隣に立つ資格などなかったのだと、思い知らされた。

それでも想いを断ち切ることができず、悶々とした日々を過ごしていた。

そしてあの日、庭園でフローラ様を見つけた。

ベンチに腰掛ける彼女を見た瞬間、自分の中にとんでもない思考が湧き上がった。

このまま彼女を連れ去って、どこか遠い所へ逃げてしまおうかと。一緒にいるのは若いメイドで、いつものしっかり者の侍女ではない。今なら不可能ではない、と。

だがすぐに正気に戻り、自分の執着心と身勝手さにぞっとした。

自分の中にそれほどまでに醜悪な感情が潜んでいることを初めて知った。

今までそれなりに恋愛をしてきた。

恋の始まりも終わりも何度も経験したはずなのに、この恋だけは制御ができない。

この片想いに決着をつけなければ、と思った。

情けないことに、自分だけでこの恋を終わらせることはできない。

可能性はまったくないのだと、フローラ様の口から聞きたい。

彼女の負担になることはわかっていたが、叶わぬ恋に狂って尊敬する団長を裏切り彼女を傷つける前に、想いを断ち切りたかった。

そうして告白して、見事玉砕《ぎょくさい》した。

団長を愛しているのだと微笑む彼女は、息をのむほどに美しかった――。


長い回想から現実に返って、いつの間にかつむっていた目を開ける。

もしかして酔っぱらって少し寝落ちしていたのか？　情けない……。

目の前のグラスに手を伸ばし、一口飲む。

そろそろ体が酒を拒否しはじめたらしく、これ以上飲んだら吐くような気がしたのであきらめてグラスを置いた。

店内は相変わらずガヤガヤと騒がしい。

まあ、今はうるさいくらいが丁度いいな。しんみり飲めばよけいにつらくなる。

本当に、見事に振られた。

毛の先ほどの希望もないのだと、はっきりとわかった。

切ないが、そのほうがありがたい。

それも彼女の優しさだったのだろうと思う。

まだ彼女を忘れることはできない。振られてほんの数日で恋心を消せるほど、私は器用ではない。

だが、あきらめはついた。

あの美しい紫の瞳が私だけを映す日は永遠に来ないのだと、心の底から思い知ったから。

目の前に水の入ったグラスが置かれ、顔を上げる。

サイラスがいつの間にか隣に立っていた。

「副団長が飲み過ぎとは珍しいですね」

「飲みたい気分だったんだ」

「そんな日もありますよね」

「そうだな。飲んで忘れたいこともある……」

きっといつかは忘れられる。

どんな痛みでも、人間は忘れられるようにできているのだという。

それに、団長の女性嫌いが治り愛する妻を得たのは、部下として友人として喜ぶべきことだ。

団長はおそらく、私の気持ちにも、彼女に告白したことにも気づいているはずなのに、普段通り接しようとしてくださっている。

優しさも強さも器の大きさも、すべてにおいて敵わない。

だがその事実に対する悔しさはない。

やはり私は団長を心から尊敬し慕っているのだと、あらためて認識した。

「副団長がそんな風になるなんて、よほどいい女だったんですね」

サイラスがそんなことを言う。

失恋のやけ酒だとばれているのか。まあ、そうだろうな、この有様なら。

「ああ、いい女だったよ。とても素敵な人だった」

「そうですね」

サイラスの言葉になんとなく引っかかりを覚えたが、頭がうまく回らずそれ以上深く考えることができなかった。

「無理に忘れる必要はないと思います。きっと、時間とともに気持ちが自然と違ったものになっていきますよ」

「お前は恋愛のプロか何かなのか。私より若いのに」

「いえいえ、僕は失恋のプロですよ！　もう何人にフラれたかわかりません！」

元気よくそんなことを言われ、小さく吹き出す。

それが本当なのか慰めのためなのかはわからないが、笑ったことで少し心が軽くなった気がした。

「副団長」

「うん？」

「また飲みに来ましょうね。副団長が元気になるまで何度でも付き合いますよ」

「はは、そうだな。ありがとう」

「でも今日はこれ以上飲むのはダメですからね。水でお願いします」

「ふ……では私の失恋に乾杯だ」

水の入ったグラスをサイラスの持っていたグラスと軽くぶつけ合い、水を飲み干す。

やけに甘く感じられた。

グラスを置くと同時に、なぜか後ろからわらわらと騎士たちが寄ってきた。

「ほらほら副団長、飲んでばかりで食わないと体に悪いですよ。焼き鳥をどうぞ」

「酔っぱらっても美形はあくまで美形なんですねえ。むしろ色気が増してるじゃないですか。ナッツでも食って太ってください」

「酒を飲んらときはねぇ、チーズがいいんれすよぉ。はいどうぞぉ」

酔っ払いたちになぜか色々な食べ物を分け与えられ、苦笑する。

部下たちにこんなに心配をかけるほど、落ち込んだ顔をしていたのか。

両脇に勝手に座って私を挟んで会話を始める騎士たちを、喧《やかま》しいと思いつつもありがたいと思った。

「よし、今日は私のおごりだ。お前たち好きなだけ飲め」

騎士たちが歓声を上げる。

「さすが副団長、男前！」

「副団長最高っす！」

「ごちになります！」

調子のいいやつらだな、と思わず笑う。

本当に遠慮なく酒がどんどん注文されていく。

手持ちで足りるかな……いや、無理だな。

まあいい、ここでは顔が利く。

足りなかったらツケにしてもらおう。

たいして使い道のない金だ、たまには派手に使うのも悪くない。
細かいことは気にせず、この騒がしい連中と共に笑いあうことを楽しむとするか。

番外編②

いつかまた

「ライラ・アストリー」

Positive Reijo Flora no Keiyaku Kekkon

お姉様への手紙を書き終え、ペンを机の上に置いて伸びをする。ついでに欠伸も出た。もうすぐ日付が変わるし、さすがにそろそろ寝なきゃ。

窓の外に視線を移すと、雪がちらついていた。王都で雪が降るのはめずらしいわね。

ガーランドでお姉様に最後に会ってから、もうすぐ五か月。

あのときお姉様がくれたチャンスを生かすべく、日々猛勉強している。

手紙には、覚えることが多くて大変だけど楽しいと書いた。

だって、本当に楽しいんだもの。貴族の令嬢より商人のほうが、私には合っているみたい。

そういえば、お姉様に手紙を書くのはこれが初めてね。

一億オルドが手に入らないとわかったことでお父様もおとなしくなったし、それも含めて一度近況を報告しておきたかった。

叔父様の下で商人としての勉強をするようになって、今まで自分がどれほど贅沢をしてきたか、それだけのお金を稼ぐことがどんなに大変かを知って、自分が恥ずかしくなった。

与えられるものを当たり前のように受け取らず、もっと深く考えるべきだった。

結局、私はお父様と同じく伯爵領を継いでいい人間じゃなかった。

王都に移り住む前、家令のビクターと少し話したけど、彼はずっとシルドランのために頑張ってくれていたのよね。

伯爵令嬢だった頃はそこに思い至ることもなく、お姉様に負けたくないとかアーサー様を渡したくないとか、そんなことばかり考えていた。

お姉様にずっとコンプレックスを抱いてきたけど、そもそも勝てるとか勝てないとかの問題じゃなく、見ている世界からして違っていたのだとビクターと話していて気づいた。

私と違って、お姉様は常に領地を治める者の視点で物事を見ていたのだとわかった。

きっとお姉様なら、伯爵領を継いでも立派に領主としてやっていけたと思う。

もしそうなっていたら、その傍らにはアーサー様が立っていたのかな。

つい先日、正式に私の夫になった彼が、お姉様の夫として。

そう考えるとちょっと苦しくなる。

それでも。

私のやってきたことは間違いだったと、今ならはっきりとわかる。

◇　◇　◇

「どうして私のお父さんは時々しか来てくれないの？　どうして一緒に暮らせないの？」とお母様に問うと、事情がある、いずれ大きなお屋敷に移ってみんなで暮らせるから、という答えが決まって返ってきた。

　町はずれの小さな家でお母様と二人で暮らしていたから、大きなお屋敷ってどんなだろうと楽しみだった。

　町の大人たちは私たちを見てヒソヒソ話すし、町の子たちは遊んでくれなかったけど、その日がくるのを楽しみにしていた。

十二歳になって、「その日」がやってきた。

お母様は「体が弱いって聞いてたけど思ったより早かったわね」と高笑いしていた。

お父様がどこかのお金持ちらしいことはなんとなくわかっていたけど、伯爵と知って仰天した。

そして伯爵領の南端にある町から領主の屋敷に移った時、感動した。

広い部屋に、美味しい食事。かわいいドレスや宝石まで。

その屋敷には私の一つ上のお姉様がいた。

その時はお互いの立場の違いやそこにまつわる複雑な心情を理解できず、お姫様みたいにきれいな姉ができたことがただうれしかった。

お姉様はお父様やお母様とはあまり仲が良くないのかなと思ったけど、私には優しくしてくれた。

仲良くするなとお母様から言われたけど、お姉様はきれいで優しいし、その時は何がいけないのかわからなかった。

私やお母様を見る使用人たちの視線が町の人たちと同じような感じだったけど、それもあまり気にしないようにしていた。

屋敷にきて数か月後、あの言葉を聞くまでは。

あの日、私はお姉様にせがんで二人でかくれんぼをしていた。

リネン室の大きな洗濯籠の中に隠れて、ここならきっと気づかれないはずとドキドキしていたところに、誰かが入ってきた。

もう見つかったのかと思ったけど、お姉様じゃないのは声でわかった。

そのまま隠れ続けていたら、メイド二人が「ほんとうに腹が立つ」「わかるわ」と話し始めた。

「なによあの人、ここに来たばかりの後妻なのに偉そうにして。亡くなった奥様は使用人にも優しかったわ」

「そうよね。しかもあの人、フローラお嬢様に嫌味を言ったりしてるじゃない。お嬢様がかわいそう」

お母様の話……？　と不安になったけど、出ていくわけにもいかず、ただ隠れ続けた。

「旦那様もひどいわよね。あんなに美しくて優しい奥様がいらしたのに、あんな娼婦みたいな女と子供まで作ってたなんて」

「旦那様はあのライラって子を溺愛してるみたいだけど、まさかあっちが後継者になんてならないわよね？　そうなったら終わりよもう」

「まさかぁ。フローラお嬢様は奥様そっくりで賢くて優しい方よ。下町育ちの妾の子じゃ相手にならないわ」

「そうよね。フローラお嬢様こそ本物の伯爵令嬢よ。品が違うもの。すべてにおいてフローラお嬢様のほうが優れてるんだから、旦那様だっていくらなんでも後継者は変えたりしないでしょ」

心臓がドキドキとうるさくて、ただ震えながら身を小さくしていた。

やがて彼女たちが出て行って、私もリネン室から出る。

廊下をふらふら歩いていると、お姉様が駆け寄ってきた。

「ライラ！　どこを探しても見つけられないから心配していたのよ。顔色が悪いみたいだけど大丈夫？　かくれんぼはもうやめる？」

「……きらい」

「え？」

「お姉様なんて大きらい！」

完全に八つ当たりな言葉を吐いて、その場から走り去った。

去り際に一瞬見えたお姉様の戸惑った顔は、今でも頭から離れない。

そこからずっとお姉様に対するコンプレックスを引きずった。

負けたくなくて、高位貴族の令嬢としての勉強を必死で頑張った。

でもどんなに頑張っても、お姉様は超えられない。

そもそも見た目からして違う。

せめてお母様に似れればよかったのに、と何度も思った。

似ているのはせいぜい胸の大きさくらい。背は小さいほうだし、顔立ちも明らかにお父様似。

醜くはないけど美人とも言い難い。

そんな私を褒めてくれたのは、両親以外ではアーサー様だけだった。

「ライラの目はくりくりとしていてとても愛らしいね。小さな唇もチャーミングだし、背は小さめなのに体のラインは女性的というのもとても魅惑的だ。勉強も頑張っていてえらいよ」

その言葉を言われたのは、私がまだ後継者に指名されていない頃だった。

だから、うれしかった。その言葉が私の宝物になった。

アーサー様は女性ならわりと誰でも褒める、良くも悪くもマメな男。

その褒め言葉に特別な意味はなかったのはわかっている。

それでも、自分を認めて褒めてくれるその存在に、心を奪われた。

アーサー様を手に入れたくて、彼が婚約者になったあとも彼を奪われたくなくて、お姉様への悪感情はつのっていった。

嫌味を言ったりしても動じないのが、自分との器の違いを見せつけられているようでよけいに嫌だった。

今では後悔しかない。

母親に死なれ、父親は後妻とその子供に夢中。妹にすべてを奪われ、後妻は悪意を向けてくる。

それがどれほどつらいことか、少しでも理解しようとすべきだった。

お姉様はお母様に何を言われてもいつも淡々としていたけど、そうするしかなかったのだと今ならわかる。

でも以前の私はそんなことは考えもせず、お姉様さえいなければという思いにとらわれ、自分勝手に振る舞っていた。

嫉妬とコンプレックスが、私の目をずっと曇らせていた。

馬鹿だったわ、本当に。

で、そんな嫉妬の大きな原因になっていたアーサー様はというと。

お父様が爵位を失った後、まったく予想通りの行動をとった。

◇　◇　◇

王都のカフェのテラス席で、アーサー様と向かい合って座った。

久しぶりに会った彼の優しそうな顔に、胸が温かくなった。

でも、私を呼び出した彼の目的はわかっていた。

「久しぶりだね。元気だったかな。王都には慣れた？　ライラ」

「ええ。叔父様がよくしてくださるから、元気にやっているわ」

「そうか、よかった。それで……僕たちの将来の話なんだけどね？」

ああ、来た来た、と思う。

予想通りすぎて、苦笑が浮かんだ。

「君は不幸な出来事で、平民になってしまったよね。二人の間には埋められない違いができてしまった。だから……僕たちは別々の道を行かなければいけないと思うんだ」

「つまり別れたいってことね」

果実水を一口飲んで言うと、彼の顔がわずかにひきつった。

「えっと……君のことを嫌いになったわけじゃないし、君はとても魅力的だけどね、ライラ。なんというか、没落した家のお嬢さんと結婚となると、実家の伯爵家も反対するだろうし」

「実際に反対されたわけじゃないんでしょ。長男のスペアにも遠い三男が誰と付き合って結婚するかなんて、わりとどうでもいいものね。自立さえしてくれればそれでいいという存在でしょ」

「ラ、ライラ」

戸惑いの表情を浮かべるアーサー様。

彼は怒るということをしない。

気弱と言えばそれまでなんだけど、そういうところも好きだったりする。

「いいわよ、別れても。ただ、今から頑張ったところで、貴族や金持ち商人の娘のところに婿入りできるなんて思わないほうがいいわよ。そういう子たちは、とっくに婚約してるんだから」

「そ、それは」

「顔の良さでなんとかなるとでも？　婚約者のいないかなり若い子を狙うとか？　没落と同時に婚約者を捨てた男を、婿として迎える家があるかしらねぇ。あなたがたまにデートしているミランダ嬢もシンシア嬢も平民のリリィも、みーんな結婚前の疑似恋愛として楽しんでるだけ。結婚はちゃんと婚約者とするわよ」

アーサー様は黙り込んだ。

ほんと単純というかなんというか。

考えてることなんてお見通しなのよね。

「というわけで、頑張って身を立てる術を探してね。同じ年頃の貴族の次男三男は騎士になったり国の機関その他で仕事を始めたりしてるけど、これから探すんじゃ大変ねえ」

彼のカップを持つ手が小刻みに震えている。

私は優雅に微笑んだ。

「私は叔父様の下で躍進するわ。叔父様は実力主義で身内贔屓《みうちびいき》はしないけど、それでも必ず一人前の商人になってみせる。そしてゆくゆくは叔父様に商会を継がせたいと思わせるほどの人間になりたいと思っているわ。……で、あなたは私と別れたいんだったかしら？」

「……。別れたく、ないです」

かわいい人。

気弱で単純なところが大好きよ。

私を悪く言わないところも、怒らないところも、マメなところも。

「選ぶ権利は私にもあるわ。これからは他の子とデートするのは許さない。それでもよければ関係を続けましょう？」

彼はしばし黙り込んで、やがて小さく笑った。

「ライラってこんなに気が強かったかな」

「ええ。もともとこんな感じよ」

「そうだったかな。平民になってから、より一層強くたくましくなった感じがするよ。でも、そういう君もとても魅力的だ。僕も……もう変わらなきゃね」

「期待しているわ」

そう言って立ち上がる。彼も立ち上がり、私の傍に来た。

そして手を差し出す。

「よければこのままデートしていただけませんか？　レディ」

「ええ、喜んで」

彼の手は、温かかった。

人でごった返す休日の王都を、二人で手をつないでぶらぶらと歩いた。

◇　◇　◇

別れたくないと言ったときのアーサー様……アーサーの顔ったら。

思えばアーサーって、お姉様の夫であるアルフレッド・グランヴィル様とは正反対の性格よね。

お姉様からすれば本当にどうしようもなくて魅力もない男なんでしょうけど、私には合ってる。

姉妹で好きな男性のタイプが違っていてよかったわ。

書き終えた手紙を折りたたみ、封筒に入れる。

椅子から立ち上がって伸びをして、ランプの灯りを消してベッドに寝転がった。

明日も早いからもう寝なきゃ。

明日は商品のリストを作って、帳簿のつけ方を習って。ああ、アーサーと住む家も見に行かなきゃ。

叔父様の伝手《つて》で、この近くに狭いながらも安い家を見つけられて幸運だわ。

商会の受付の仕事を始めたアーサーだけど、顔はいいし優しいから商会を訪れる女性に人気なのよね。

ちょっとモヤモヤするけど、彼の人当たりの良さと口の上手さを生かせるからまあいっか。

同じ職場だし叔父様の目もあるから、馬鹿なことはできないもんね。

お姉様の影に怯え、優劣にとらわれていた頃と違って、今は自分の人生を生きているという感じがする。

お姉様と自分を比べる必要なんてない、自分は自分でいいのだと、ようやく思えるようになってきた。

お姉様は……幸せに暮らしているかな。きっとそうよね。

会いたい気持ちもあるけど、今は合わせる顔がない。

いつか、「叔父様にお世話になっている」じゃなく「叔父様のお役に立っている」って堂々と言えるようになったら。一人前になれたら。

そのときは、ようやくお姉様に会いに行ける気がする。

お姉様は私を嫌いだと思ったことはないと言ってくれたし、私がやってきたことを何も気にしていないようだけど、私がまだ自分を許せないから。

せめて、お姉様がくれたチャンスを、最大限に生かせたのだというところを見せたい。

そんな日が一日も早く来るよう、明日もまた頑張ろう。
会いに行く頃には、お姉様に子供が生まれてたりするのかな。
深く愛し合ってる仲良し夫婦のようだし、子だくさんになってたりして。
ふふ、楽しみ。

番外編③

光と影

［グレイグ・アストリー］

Positive Reijo Flora no Keiyaku Kekkon

賭博場に入ろうとして拒否された挙句、カリストに連れ戻された。

これで何度目だ。どうやらあいつは王都じゅうの賭博場に手を回しているらしい。

賭博場にいくら払っているんだか知らんが、余計なことを。

自室のベッドに座る私を見下ろしながら説教するカリストの言葉を半分聞き流していたところで、ライラが部屋に入ってきた。

「お父様。また賭博場に行こうとしてたって本当なの？」

「ああ……まあそうだ。だが心配ない。もうすぐ一億オルドが手に入るのはライラも知っているだろう？　だから……」

「もういい加減にして！」

ライラの怒りの表情と大声に驚く。

「ラ、ライラ」

「そんな手に入るんだか入らないんだかわからないお金を、いつまで当てにするつもり⁉　もうお父様は伯爵じゃなくて平民なんだから、いい加減賭博なんて馬鹿なことはやめてちゃんと地に足をつけて生きてよ！」

ライラが私に背を向け、部屋から出ていく。

初めて娘に叱られ呆然とする私に、カリストが小さく笑いを漏らした。

「娘であるライラのほうがよほど現実的だな」

「うるさい。一億が手に入ったらこんなところ出て行ってやる」

「止めはしないが、本当にガーランド辺境伯から支払われるのか？　ことあるごとに一億一億言っているが、辺境伯はそんな甘い男じゃないと思うがね」

「私が嘘をついているとでも言うのか。なら証拠を見せてやる！」

チェストの引き出しの鍵を開け、中から契約書を取り出してカリストに見せる。

しばし無言でそれを読んでいたカリストが、ため息をついた。

「なぜこれで金が手に入ると思ったんだ」

「何？」

「金はシルドラン伯爵に支払われると明記されている。だが兄上はもうシルドラン伯爵ではない」

「し、しかし、それはフローラとの結婚の対価として……！」

「シルドラン伯爵領の経営支援のためと記載されている。口約束がどうであれ、契約書に書かれていることがすべてだ。契約書には結婚についての記載などないし、兄上はもはや伯爵ではなく領地もない。兄上に金が支払われることはない」

な……んだと……？

そこからの記憶があいまいだ。

ショックが大きすぎて、食事と手洗い以外はずっと部屋にこもっている。

もう何日そうしているかわからない。

今日も薄暗い部屋の中、ベッドに座って、ぼんやりと足元を見つめる。

あの一億オルドがあれば再起できると思っていた。

弟にこき使われることもなく、商売でも投資でも始めてまた贅沢な暮らしに戻れると。

だが、その道は完全に断たれてしまった。

いや、そんな道など最初からなかったのだ。

手に入りもしない一億を期待し、浮かれていた私のなんと滑稽なことか。

くそっ……あのいまいましいアルフレッド・グランヴィルめ、よくもあんな契約書を！

会いに行ったあのとき、私が一億を手にすることがないとわかっていて黙っていたな、くそっ……！

何度目かわからない悪態を心の中でついたとき、部屋をノックする音が聞こえた。

「いつまで拗ねているんだ、兄上。いい加減部屋から出てきたらどうだ。もう三日目だぞ」

扉の向こうからカリストが声をかけてくる。

ふん、カリストめ、偉そうに。私より上の立場にいると思って。

あいつのことは昔から気に入らなかった。

屋敷に来た、あの日から。

◆　◆　◆

自分に異母弟がいると知ったのは、たしか十四歳の頃だった。そのときあいつは十二歳だったか。

没落貴族の女に産ませたという少年を、父が突然屋敷に連れてきた。

その少年の母親……囲っていた妾が死んで引き取ったらしいが、突然現れたきれいな顔立ちの物静かなその少年を、弟などと思えるはずもなかった。

愛人と隠し子の存在を突然知らされ怒り狂った母は、父がいないときに弟カリストをよく虐《いじ》めていた。

私をひたすら甘やかして叱ることもない母だったから、最初は驚いたものだ。

カリストは不気味な子供だった。

とにかく物静かで、ほぼ部屋にこもりきり、食事も一人でしていた。

母に罵《ののし》られても引っ叩かれても、泣きも怒りもしない。

父は母の行動を知っても放置していた。何のために引き取ったんだと思ったが、結局万が一に備えて私のスペアが欲しかっただけだろうとやがて気づいた。

それをわかっていたから母はよけいにカリストを虐げ、私には「跡継ぎはお前よ、絶対にその地位を渡しては駄目よ」と毎日のように言い聞かせた。

不気味なだけの弟の存在にいら立ちを覚え始めたのは、カリストが屋敷にきて数か月経った頃だったか。

まずメイドたちがカリストの噂をするようになった。

まだ幼いが美しくて賢そう、品もあると。

私はそんなことを言われたことはない。ただの一度も。

それだけならまだ我慢できた。所詮下働きの卑しい女たちが言うことだ。

だが、家庭教師がカリストについて父と話しているのを偶然聞いてしまった。

「カリスト様は非常に賢く、天才といっていいでしょう」と報告をしていた。

そして父は「興味深いな」とつぶやいた。

いくら顔立ちがよく賢そうとはいえ所詮は妾の子、没落貴族の子。自分を脅《おびや》かす存在ではないと思っていた。

それなのに、父と家庭教師の会話を聞いたその瞬間、何かが崩れ落ちていくような感覚に陥った。

そこからは、私もカリストを虐げた。

手を上げたのは数えるほどだったが、妾の子、卑しい育ちと何度も罵った。

それを聞いても、やはりカリストは動じない。

よけいにみじめになった。

使用人や家庭教師だけでなく、父までも私とカリストを比べているようで、息苦しかった。

やがて十五歳になったカリストは、王都のアカデミーにトップクラスの成績で合格し、そこに通うことになった。

五指に入るほどの成績だったため、入学金と授業料も免除された。

カリストの輝かしい成功と、父が言った「自慢の息子だ」という言葉にまた苦しんだ。

私は父に褒められたことなどない。そして、叱られたことも。

期待されていないから叱られることすらないのだということは、出来のいいカリストと比べる意地の悪い家庭教師の嫌味な言葉によって知っていた。

だから、よけいに苦しかったし悔しかった。

だが、やつはすぐにアカデミーの寮に入り、屋敷に帰ってくることは滅多になくなった。

卒業後も屋敷に戻ってくることはなく、一人であちこちを転々としていたようだった。

カリストがいなくなって、ようやく息ができるような気持ちになった。

私は自由だ。私を脅かすものはもういない。母も穏やかになった。伯爵になるのは私だ。金もある。

そうだ、何も恐れることなどない。

そうして何の悩みもない自由な時間を数年過ごし、やがて婚約が決まった。

相手は社交界の花と言われていた子爵令嬢フレデリカ。

こんなに美しい女性が自分の妻になるのかと、最初は浮かれていた。

だが、フレデリカと参加した夜会で休憩のため一人で庭に出たとき、どこぞの子息たちが私とフレデリカについて面白おかしく話しているのを聞いてしまった。

「フレデリカ嬢が、グレイグ・アストリーと婚約するとは。なぜあんな冴えない男と婚約したんだろうな。子爵令嬢とはいえ、彼女ならもっと格上でいい男を狙えただろうに」

その言葉を聞いて、とっさに茂みに隠れる。

ベンチに座っている男たちは、同年代か少し上に見えた。

「数年前、カルタナ子爵家が事業に失敗して傾きかけたとき、シルドラン伯爵が手を差し伸べたという話がある。だから断れなかったんだろう」

「ああ、そういえばシルドラン伯爵はその頃、投資で成功して大金を手に入れたんだったか。いまだに父子そろって羽振りが良さそうだが、あの領地の規模でよく金がもつな」

「狭い領地を細々《ほそぼそ》と経営してきたのに、急に大金を手に入れて伯爵も気が大きくなっているんだろう。一度おぼえた贅沢はそう簡単に忘れられないものさ。新たに投資なりをしているのかもしれないが、成功も失敗も聞こえてこない。少なくとも大儲けや大損ということはないだろう」

「まあ伯爵が稼ごうが損しようがどうでもいいが……いかにも頭が良くない上に贅沢な生活に慣れたグレイグのもとに嫁ぐのでは、フレデリカ嬢は苦労しそうだな。あの男、最近じゃこっそり賭博場にまで出入りしてるらしいぞ。見たやつがいるんだ」

「そんな男のところに、美しいだけじゃなく優しくて頭も良いフレデリカ嬢がなあ……もったいない」

「釣り合わないよな」

「まったくだ」

私は震えながらその場を去った。

社交界の花を手に入れた私に対するやっかみもあったのだろう。

だが、彼らの言葉は重くのしかかった。

釣り合わない。美しい彼女とは。

美しく賢く品もある、周囲を惹きつけてやまない魅力の持ち主……。まるでカリストのような。

一度そう思い始めると、そこから抜け出せなくなった。

彼女はカリストと同じ種類の人間だという考えにとらわれた。

その日以降、フレデリカに対する気持ちは冷えていった。

そんなときに出会ったのがイレーネだった。

夜会でフレデリカと離れてテラスで休憩していたときに、話しかけてきた。

彼女は没落寸前の男爵家出身で貧しく、夜会にもたまにしか来られないのだという。

そして高位貴族の男と結婚も考えて付き合っていたのに、弄ばれて捨てられたのだとか。

美しく肉感的だが、貴族としての所作や知識は決して完璧ではない、コンプレックスや傷を抱えているイレーネ。

顔も頭も良くない私を魅力的だと言ってくれる彼女に、私はすぐに夢中になった。

だが父の強い反対で彼女とは結婚できず、結局父の命令通りフレデリカと結婚した。

結婚と同時に、体調を崩しがちだった父が母と共に田舎に引っ込み、私が伯爵になったため、領地経営までしなければならなくなった。

父は「投資で儲けた金は不作の補填などでもうなくなった、お前は投資には向かないから手を出すな、領地経営はビクターとフレデリカに相談しろ」とだけ言って去っていった。

自分は投資で儲けたくせに、私には手を出すなとは。

そしてビクターはまだしもフレデリカに相談しろと言われ、馬鹿にされている気持ちになった。

結局、父の期待通り、フレデリカはビクターとともに領地経営をするようになった。

少しの間私が領地のことを放置したからといって、代わりにやるようになるとは。

そんなにやりたいならやらせてやると、そのままフレデリカに任せた。

領地のことを私にさせようとしたり、あれこれ確認してくる彼女にうんざりしていたが、それでも義務は義務と何度か夜を共にした。

そうして生まれたのがフローラだった。

生まれた瞬間からそうだとわかるほど、フレデリカにそっくりだった。

瞳の色、髪の色、顔立ち。私に似ているところがなかった。まるで私の血を拒んだかのように。

フローラを、愛せなかった。

育つほどに美しく、品よく、賢くなっていくフローラ。

私に似た点など本当に何一つない。

むしろカリストに似ている。顔立ちはフレデリカそっくりだが、雰囲気が似ているのだ。一時はやつの子ではないかと疑ったほどだ。

カリストは私の結婚式直後に外国に渡って五年間は帰ってこなかったし、フレデリカの性格からしても、さすがにそれだけはないと思い直したが。

外国から戻ったカリストは、フレデリカに土産をとふらりと屋敷に立ち寄った。

そこで幼いフローラを目にして急に叔父面《づら》をするようになり、年に一度フローラの誕生日にプレゼントを持って来るようになった。

毎回短時間しか滞在しなかったが、フローラはカリストになついた。

二人を見ていると、本当の親子のように思えた。

その光景が不愉快で、カリストを出入り禁止にした。

一方、ライラは私によく似ていた。

自分に容姿が似ているだけでもかわいいのに、不器用なところまで私に似てしまったようだ。

そこが愛しくて仕方がなかった。

ライラが十二歳になった頃、フレデリカが急死し、イレーネとライラを屋敷に迎え入れた。

私の子を未婚で身ごもったことで実家から追い出されたイレーネに、ようやく報いることができると思った。

だからイレーネが贅沢をしても、フローラを嫌って虐げても、私はただ黙って見ていた。

虐げられても泣きも怒りもしないフローラの姿がカリストにあまりにも似ていて、フローラを愛せないどころか嫌悪感を抱くようになった。

フローラにカリストを重ねていら立ちをぶつけ、イレーネと一緒になって罵った。

稀に手を上げることもあった。全部避けるので不気味だったが。

一方のライラは、姉にコンプレックスを感じているようだった。私がカリストに対してそうだったように。

だからよけいに愛しかった。守りたかった。

人間の愛情というものはコントロールできない。

だから、フレデリカとフローラを愛せなかったことも、イレーネとライラを愛したことも、人間として自然なことだ。

そうだ、仕方のないことだったのだ。

――さすが私の娘。お父様にそう言われたのは今日が初めてです。私の娘という言葉すら聞いたかどうか。

突然、フローラの言葉が頭の中によみがえる。

今さらなんだというのだ。私を見捨てた娘だ。そして……私が見捨てた娘。

そのとき、突然扉が開いた。

「いい加減にしろ、兄上」

部屋に入ってきたのはカリストだった。その手には鍵。

まあ当然か。商会所有の建物にあるこの部屋は、この男の持ち物だ。

「仕事もせずいつまでも引きこもっていられても迷惑だ。ライラも心配している。もういい加減、手に入らない一億など忘れてしまえ」

扉を閉め、そこに背を預けて腕を組むカリスト。

その姿が悔しいほど様になっている。舞台俳優と見紛うばかりだ。

「くっ……偉そうに……」

ふ、とカリストが笑う。

「そりゃあ偉いさ。ここは私が築き上げた〝城〟で、私はいわば城主だ」

「くそっ……！　落ちぶれた私の姿は、さぞ滑稽で面白いだろう。何もかもを失った私がみじめに雑用をこなしている姿を見て、心の中であざ笑っているんだろう！」

　カリストの口元から笑みが消える。

「いつまで被害者面しているつもりだ。すべてを失ったのは兄上の責任だ。ほかの誰のせいでもない。そして兄上をあざ笑うほど、私はひねくれていない。被害妄想はよすんだな」

　冷徹なその言葉に、悔しさでいっぱいになった。

「お前に何がわかる……！　人を惹きつける容姿と賢さを持って生まれ、金も手に入れたお前に何が！」

「わかるもわからないも、兄上の没落と私が持って生まれたものは何も関係がない。何を勝手にこじらせているんだ。それを言うなら、兄上にはなんの咎《とが》もなく虐げられてきた者の気持ちがわかるというのか」

　そう言われ、言葉に詰まる。

「意味もなく暴言を吐かれ、引っ叩かれ、それでも我慢するしかなかった。何もできない子供だったからだ。だから死ぬほど努力した。あの屋敷に帰らずにすむように。そうして手に入れたのが今の立場だ。なんの努力もしてこなかった兄上に、そんなことを言われる筋合いはない」

　吐き捨てるように言うカリストの瞳は、静かな怒りに彩られていた。

「兄上は昔、私に言ったな。なぜ何を言われても平然としているのかと。平気なわけはないだろう。怒るのも泣くのも事態を悪化させるだけだから、耐えていただけだ」

「……」

反論できない居心地の悪さに、ただうつむく。

「そしてフローラもそうだったと聞く。私のことはもうどうでもいいが、あの子がどういう気持ちで生きてきたか、少しでも考えたことはあるのか？　兄上の実の娘だというのに」

実の娘。

ああそうだ、ずっとそんな実感を抱けないまま生きてきたが、たしかにフローラは私の娘だ。

だが。

「……昔からお前が嫌いだった。そのお前と同じ種類の人間であるフレデリカもフローラも、愛せなかった。自分ではなくお前に似ているフローラを見ているのがつらかった」

「甘ったれたことを抜かすな！」

初めて聞くカリストの怒声に、体がびくりと強張《こわば》る。

「伯爵位を継ぐ者なら政略結婚など当たり前、愛せなかったとしても誠意を尽くすことはできただろう！　それを愛人を作って子供まで産ませ、挙句実の娘を虐待するとは。フローラを見るのがつらかったらなんだというんだ、そんな理由で死ぬような目にあわせていいと思っているのか！」

「……死ぬような目にあわせようとした、わけでは……」

「後妻に言われるまま小屋に追いやり、手助けすらしなかったのに？　実際にフローラは一度餓死しかけたと聞いた。心のどこかで死んでもいいと思っていたんだろう！」

「そこまでは思っていない！　ロンに狩りを仕込まれていたし、マリアンの手助けもあった。それに執事のジェームズがたまに様子を見に行って、何かあったら報告することになっていたんだ！」

「ならフローラが餓死しかけていたとき、執事は報告したのか？」

「……それは……。何も……言っていなかった」

カリストが長いため息をつく。

「後妻が消えた翌日には、その執事も黙って消えたんだったな。後妻が逃亡する手助けをしたのはおそらくそいつだろうし、そこまでするなら普段から後妻の言いなりだったはずだ」

言葉が出てこない。

だが、私が悪いわけじゃない。そこまでしたのはイレーネだ。

私だって少しはフローラのことを気にかけていた。フローラを助けるマリアンをイレーネが解雇するのを阻止してきたのだから。

フローラを邪魔には思っていたが、死んでもいいとまでは……。

「後妻のせいだと思っているなら、それは違う。すべては伯爵でありフローラの実父である兄上の責任だ」

「な、何？」

「兄上は一度でも自分で小屋を見に行ったか？　フローラの様子はどうだと執事に自分から尋ねたか？　狩りができてマリアンの手助けがあるから大丈夫だと？　ふざけたことを抜かすな。フローラがどういう生活を送っているか、一度でも知ろうとしたことがあるのか」

「……それは」

ない。一度も。

フローラのことを、嫌ってはいたが憎かったわけじゃない。

ただ、フローラを助けてイレーネに見捨てられるのが怖かった。

フローラが傍にいることで、ライラが姉と自分を比べて傷つくのを見たくなかった。

それに、フレデリカそっくりの紫の瞳で見上げられると、責められているようで苦しかったしイライラした。

「愛せなかったただの私に似ていただのどうでもいいことだ。義姉上《あねうえ》を裏切り、実の娘を虐げて命の危機にすらさらした。それだけが事実だ」

もう一度、カリストがため息をつく。

「兄上は昔からそうだった。面倒なことは人任せにし、見たくないものは見ないふりをしてきた。強い流れに逆らうことなくただ流されて生きてきた。だからあらゆる面において想像力に欠けている。虐げられる側の気持ちなど考えることもなく、ただ自分こそがつらいと自分だけを憐《あわ》れんできた。その結果が今のこの状態だ」

カリストが、一歩一歩私に近づいてくる。

そして私の目の前で足を止めた。

殴られるかと思ったが、衝撃はいつまでたってもやってこなかった。

「虐げられた者の気持ちなど兄上にはわかるまい。だが、少しは考えろ。想像してみろ。少しずつでいいから、わかるようになれ。それがフローラを傷つけてきた兄上にできる、唯一の贖罪《しょくざい》だ」

それが今さら何になるというのだ。

もう二度とフローラに会うことなどないというのに。

「フローラは、虐げられても泣かなかっただろう。だがあの子は、幸せを感じたとき、素直に涙を流していた。本来は感情豊かな子なのだろう」

それを聞いたとき、なぜか胸の奥にもやもやとしたものを感じた。

その感情がなんなのかわからない。

後悔？　哀れみ？　罪悪感？

わからない……。

「まずは与えられるものを受け取るだけじゃなく、自分で努力してみることだ。流されるように生きるな。自分でものを考えろ」

「ふん、偉そうに……」

悔し紛れの言葉を吐いて視線を上げると、カリストは皮肉な笑みを浮かべていた。

「偉いと言っただろう。ふっ、悔しそうな顔だな。そもそも優劣や勝ち負けだけで物事を考えるから、小さい世界にとらわれるんだ。世界は広いぞ。もっと外に目を向けることだな」

そう言うカリストは、輝いて見えた。

やはり悔しい。カリストはまるで光で、自分は影だ。

この男には敵わないと思い知らされる。

「また余計なことを考えているな。人間は、生まれた瞬間から平等じゃない。私が庶子で兄上が嫡子だったように、努力だけでは変えられないこともある。だから人と比べるなど無意味だ。自分の手の中にあるものを大切にしながら、望むような人生になるよう努力しながら、自分なりの道を行けばいい」

自分の道……か。

思えば私は今まで、用意されていた道をただ漫然と歩いてきただけのような気がする。

与えられるものを、当たり前と思いながら。

伯爵家の嫡子として生まれ、当然のように後を継いだ。金もあった。

愛はないながらも美しい妻と娘がいた。愛した女性と、その人との間に生まれた娘も。

私は実に多くのものを手にしていた。

だが失った。

「自分の道を行くもなにも、多くを失った私には、進むべき道など見えない。あらゆるものを失って、私は空っぽになってしまった……」

「そうだな。兄上には努力も気概も慎重さも欠けていた。だから失った。誠実とはほど遠く、身勝手で、〝される側〟の気持ちを考えることすらなかった。だから助けを得ることはできなかった。それが兄上の歩いてきた道だ。自分の歩んできたようにしか、道はできない。嘆いたところで過去は変えられない」

容赦のない言葉に、もはや反論の気力も湧かない。

「だが、ここから先はこれからの自分次第だ。道が見えないなどと甘えたことを言っていないで、自分で進むべき道を決めるんだな。嫌いな私に使われるのが嫌なら、給与をためて投資でも商売でも好きに始めたらいい。金の大切さも、少しは思い知っただろう」

「……」

ベッドに座ったまま動かない私に背を向け、カリストが扉へと向かう。

ノブに手をかけたところで、動きを止めた。

「まあ私も偉そうに人のことを言えた立場じゃないがね。仕事に夢中になりすぎて、妻に愛想を尽かされた男だ」

金も人を惹きつける容姿もあって人生は順風満帆だと思っていたのに、そういうこともあったのか。

「全部うまくいく人間など、滅多にいないということだ」

「……そうか」

カリストが振り返る。

「兄上にはライラがいるだろう。すべて失ったわけじゃない。ああ、依存はするなよ。ライラにはライラの人生がある。ただ、近くにいて気にかけてくれる大切な存在に目を向けたほうがいい」

「……ああ……」

「では、私は仕事があるのでこれで失礼するよ」

私の返事を待たず、カリストが出て行った。

少しして、ノックの音が響く。カリストがまた来たのかと思ったが。

「お父様。少しは元気出た？」

ライラだった。

「……このあいだは、大声で怒ったりしてごめんね」

「いや……あれは私が悪かったんだ。お前は一人前の商人になるべく一生懸命勉強しているのに、私だけいつまでも……」

そうだ。

そもそもライラが伯爵令嬢ではなく平民になったのも、私の無謀な投資のせいだというのに、私は何をしていたのだろう。

イレーネにもっと収入を増やさなければ離婚だと言われ、よく確かめもしないで儲け話に飛びついた。私に投資は向かないと言った死んだ父に対する悔しさもあったのかもしれない。

その結果がこれだ。

自分が没落するだけでなくライラも巻き込んだのに、いつまで現実から目を背けているのだろう。

黙り込んだ私に、ライラが「お父様」と呼びかける。

「このあいだアーサーと行った食堂が美味しかったんだけど、これから食べにいかない？」

口元に笑みを浮かべてはいるが、どこかおそるおそるといった様子だ。

心配を……かけていたんだな。

「ああ……そうだな。そうしよう。お腹が減ったよ」

「うん、じゃあ行きましょ」

ライラが笑顔になる。私とよく似た笑顔。

ようやくベッドから立ち上がり、ライラと二人、外に向かった。

もう完全に日が落ちたというのに、通りを歩く人の数は多い。

夜の町を明々と照らす魔道具の街灯が美しい。

私は爵位を失ってから、王都の町を歩くのが怖かった。

あいつは没落貴族だと嗤《わら》われる気がして。実際は私のことを知る人間などほとんどいないんだが。

前を歩くライラはそんなことを気にしている様子もなく、堂々としている。

ライラは私と違って強いな。環境の変化も受け入れているし、平民になってからより一層たくましくなった気がする。

……フローラも、きっと強くたくましい娘だったのだろう。

カリストに対する嫉妬を自分の中で消化できていれば、フローラに対する気持ちも違っていたのだろうか。素直に自慢の娘だと思えただろうか。

だが、そんなことを考えてみても、もうどうにもならない。

私は自分の中のいら立ちやコンプレックスを、そのままフローラにぶつけてきた。イレーネに媚びるため、フローラを追いやり、手を差し伸べることすらしなかった。

そんな私をフローラが助けなかったのは、当然か……。

金と爵位を失ったとたんイレーネからもあっさり捨てられたのだから、皮肉なものだ。

せめて唯一私の傍にいてくれるライラのためにも、賭博はやめて地道に働くことにしよう。

今の私にできることは、おそらくそれしかない。

そして二度と会うことはないフローラに対してできることがあるとすれば、馬鹿なことをしてあの夫婦に迷惑をかけないこと、ライラを悲しませないことくらいだろう。

いずれにしろ、必死に働いて真面目に生きるしかないのだろうな。

カリストの下でというのはやはり悔しい気持ちはあるが、まずは自立の第一歩として、商会の雑用でも極めてみるか……。

番外編④ 幼き日の思い出

Positive Reijo Flora no
Keiyaku Kekkon

日当たりの良い子供部屋。

ルーカスが柔らかな絨毯《じゅうたん》の上に立ち、おもちゃの剣を振って遊んでいる。

家令のオウルは靴を脱いで絨毯に座り込み、その様を顔が溶けてしまいそうになるくらいニコニコしながら見ている。

こうして見ると曾祖父と曾孫に見えるな。

「ルーカス様は日に日にアルフレッド様に似てきますな。本当におかわいらしい」

オウルが壁際のソファに座る俺を見て、またルーカスに視線を戻す。

たしかにルーカスは俺似だ。

まだ一歳半だが、ルーカスを見た全員が俺にそっくりだと言うほどよく似ている。

今フローラの中に宿っている第二子は、どちらに似ているのだろうな。楽しみだ。

「アルフレッド様もこうしてよくおもちゃの剣を振り回していましたなぁ」

「そうなのか。覚えていないな」

「将来はアルフレッド様と同じく立派な騎士になられるでしょう。きっと強い男になりますよ。しかし、ルーカス様」

名を呼ばれ、ルーカスが剣を振るのをやめてオウルを見る。

「男は強いだけではいけません。優しくなければいけませんぞ」

ルーカスがこくこくとうなずく。

意味などわかっていないだろうに、何かを言い聞かせられていることだけはわかっているのか、素直にうなずくのがかわいい。

　短い脚を踏ん張って立っている姿も愛らしい。

「女性には特に優しく、ですぞ。決して女性に手を上げることなどあってはなりませぬ」

　もう一度ルーカスがうなずく。

「俺もよく言われたな、それ」

「大事なことでございましょう」

「そうだな」

　オウルは俺が幼い頃から色々と教え導いてくれたな。

　オウルがいなかったら、俺はもっと歪んだ人間になっていただろう。

　本当に感謝しているし、俺にとっては祖父……いや、父親のような存在だと感じている。

　そういえば、初めてラナに会ったときも、オウルに叱られたんだったな。

◆　◆　◆

　乳母リーナの娘ラナが初めて城に来たのは、俺とラナが六歳になったばかりの頃だった。

　庭園でカエルを捕まえて上機嫌だった俺のところに、リーナがラナを伴ってやってきた。

　初めて会うラナは、少年のようだった。

　短い髪に、ややきつめの目。にこやかとは言い難く、優しい顔立ちのリーナとはあまり似ていなかった。

「娘のラナと申します。ラナ、アルフレッド様にご挨拶なさい」

「……はじめまして、ラナともうします。よろしくおねがいします」

ぺこりと頭を下げ、母親の手を握るラナ。

表情が硬かったのもリーナの手を握ったのも、緊張していたためだと今ならわかる。

だが、当時の俺はそんなことを理解せず、リーナの手を握るラナに嫉妬を覚えた。

実母から愛情を感じたことなどない俺は、優しいリーナを母のように慕っていた。

そのリーナの実の娘。

母のように慕っていても、彼女は本当の母ではなく、自分もまた彼女の息子ではない。

俺が七歳になると同時に、家庭教師と入れ替わりでリーナが乳母をやめることが決まっていたので、その寂しさもあった。

だから、これからずっとリーナを独り占めできるラナを妬んで、意地悪をしてしまった。

俺は捕まえて籠の中に入れていたカエルをつかみ、ラナに投げつけた。

カエルはラナの胸元に当たり、そのまま地面に落ちた。カエルが慌てて逃げていく。

リーナは驚いた顔をしていて、泣くかと思ったラナは無表情だった。

ラナはきょろきょろと周囲を見回し、やがて少し離れて地面にしゃがみこむ。

そして立ち上がって俺に何かを投げつけた。

「うわあっ！」

俺の腕にヌタッと当たって足元に落ちた巨大ミミズを見て、俺は情けない悲鳴を上げた。

「こ、こら、ラナ、なんてことを！　申し訳ありません、アルフレッド様！」

「だって先にカエル投げてきたのに」

「その通りですな」

そう言いながら、茂みをガサガサとかき分けオウルが出てくる。

一体どこから出てくるんだとギョッとした。

「今の行動は決して褒められたものではありませんぞ、アルフレッド様」

そう言いながら、オウルは俺の近くに来てしゃがみ込み、視線を合わせた。

叱られる、と思った。

オウルが暴力を振るったことなど一度もないのに、体が強張った。母は怒ると引っ叩くから。

だが伸びてきたオウルの手は俺を叩くことはもちろんなく、俺の頭の上にそっとのせられた。

「アルフレッド様。女性には決して暴力を振るってはなりませぬ」

「暴力なんてふるってない」

「叩くだけが暴力ではありませぬ。カエルを投げつけて嫌がらせをするのもまた暴力ですぞ」

「……」

「ましてやラナはアルフレッド様に何もしていないでしょう。丁寧に挨拶をしてくれたレディにカエルを投げつける行為は、立派な紳士、勇敢な騎士のすることですかな？」

「……ごめんなさい」

オウルが優しく微笑する。

「謝る相手が違いますぞ」

そう言われ、ラナのほうを見る。

「……いやなことしてごめん」

ラナはふるふると首を振る。

「わたしこそ、もうしわけありません。アルフレッド様はえらい人だってきいてたのに、ミミズを投げてしまいました」

「私の教育不足でございます。どうかお許しください」

深々と頭を下げる二人を見て、複雑な気持ちになった。

ラナだけでなく、リーナとも明確に身分の差があることをあらためて思い知った。

圧倒的に身分が上だからこそ、理不尽に悪意を向けてはならないことを、そのとき漠然と理解した。

「ぼくが悪かったんだ。ふたりとも顔を上げて」

その言葉に、二人が顔を上げる。

「ごめんね、ラナ。もういじわるしないから、なかよくしてくれる？」

「はい！」

ラナが笑顔になる。

その顔は、少しリーナに似ていた。

「……あ」

そこでオウルが声を漏らす。

「なあに、オウル」

「いかんいかん、ほったらかしにしてしまった。ラナが来るのに合わせて、私も孫を紹介しようと思いましてな。ほれ、こっちにおいで」

オウルが先ほど出てきた茂みに視線をやる。

そこから出てきたのは、オレンジ色のふわふわの髪に空色の瞳の、とてもかわいい子だった。

大きなクマのぬいぐるみを抱えていたせいだろう。俺はなぜかその子を女の子だと思い込んでしまった。

「この子の両親が事故で亡くなってしまいましてな。最近引き取ったのです。ほれ、ご挨拶なさい」

「……」

その子は不安そうにクマをぎゅっと抱え、俺を見上げた。

その様があまりにかわいらしく、子供心にドキドキしたのを覚えている。

「申し訳ありません、孫は両親を亡くして以降、不安定でして」

「いいよ。この子ぼくより年下なの？」

「はい、一つ下です」

「そうなんだ。えっと……か、かわいい女の子だね！」

しん、とその場が静まり返る。

やがてオウルが微笑した。

「たしかにわが孫ながらかわいらしい子ですが、この子……シリルは男の子です」

「えーっ！」

かわいい女の子だと思った自分が、あまりに恥ずかしかった。

「このみのタイプだったんですね」

ラナのその言葉に、とどめを刺された。

◆　◆　◆

昔を思い出して苦笑していると、オウルのありがたい話に飽きたのか、単に甘えたくなったのか、ルーカスが「ぱーぱ」と呼びかけてきた。

「ん？　どうしたルーカス。おいで」

ソファに座ったまま手を広げると、ルーカスが歩いてきた。その歩く姿もかわいらしい。

高く抱き上げてやると、ルーカスが楽しそうにきゃっきゃと笑った。

それをやはりニコニコしながら見るオウル。

「アルフレッド様も立派な父親におなりですな」

「ふ、そうかな」

「これほどまでに自分たちの手で育てる貴族のご夫婦は、かなり珍しいでしょうな」

「それぞれの家で違っていいとは思うが、俺もフローラもそうしたかったんだ。俺たちの宝物だから、なるべく一緒にいる時間をとって愛情をかけて育てたいと考えている」

膝の上に立たせて、持ち上げて、また膝の上に立たせてという動きを繰り返すと、またルーカスが声を上げて笑った。

子供の笑顔というのは不思議だ。こちらも笑顔にならずにはいられない。

そんな俺たちを見て、オウルがハンカチで目元を拭う。

「年をとると涙もろくなっていけませんな。アルフレッド様がお幸せそうで、私は本当にうれしゅうございます」

「俺が今幸せでいられるのは、オウルのおかげだ。オウルが幼い頃から俺を気にかけて優しく、ときに厳しく導いてくれたからこそ、両親がああでも俺は人の心を失わずに済んだのだと思っている」

そう言うと、オウルがハンカチで完全に目元を覆う。

それと同時にノックの音が響き、入室を許可するとシリルが部屋に入ってきた。

「失礼します、ってあれ、じいちゃんまた泣いてたの」

「泣いとらんわい」

「じゃあそういうことにしておくよ。そろそろ昼食の時間ですよ、ご主人様」

「ああ、そうだったな。じゃあ行こうか」

先ほど思い出していた過去がふと頭をよぎり、シリルを見て苦笑する。

「なにか？」

「いや……。初めて会ったころのシリルはかわいらしかったなと」

それを聞いて、シリルが嫌そうな顔で俺を見る。

「子供の頃のこととはいえ、そういう気持ち悪いことは仰らないでください。かわいい女の子だとご主人様に言われたの、いまだに覚えてるんですからね。あー嫌だ」

わざとらしくため息をつくシリル。

あの内気でかわいい子は、どこへ行ってしまったやら。

「アルフレッド様の初恋の相手はシリルじゃからのう」

オウルがニヤリと笑みを浮かべた。

「や、やめろ！　そんなわけないだろう！」

「じいちゃんまでやめてよ気持ち悪い」

焦る俺とさらに顔を歪めるシリルを見て、オウルがうーっほっほっほと、さも楽しそうに笑う。

俺の腕の中のルーカスも、なぜか今日一番の笑顔を見せた。

あとがき

この度は「ポジティブ令嬢フローラの契約結婚」二巻をお読みいただき、ありがとうございます。

作者の星名こころと申します。

フローラとアルフレッド、不器用な二人の恋愛は、この巻でひとつの決着がつきました。

一巻ではヘタレ感満載なアルフレッドでしたが、二巻では領主として騎士として夫として、見せ場も多かったのではないかと思います。

フローラはいい子ながらもどこか壊れた部分のある女性でしたが、アルフレッドと接していくことで少しずつ「普通」に近づいたと思っています。

そんな二人が心を通わせ本当の夫婦となっていく様子を、お楽しみいただけましたなら幸いです。

書籍版ではウェブ版にはないエピソードもいくつか入れ、番外編も四つ書きました。

また、戦闘シーンもインビジブルがウェブ版よりもパワーアップしています。

ラストも少し変わっており、ルーカス以外の子供たちの名前も出ています。

一巻に引き続き、二巻もウェブ版既読の方々にも新鮮な気持ちでお読みいただけたのではないかと思います。


この作品は、恋愛がメインテーマではありますが、〝家族〟や〝食〟という部分を意識して書きました。

自業自得で滅びていく実家、本当の家族になっていく主人公二人、新たな命、兄弟・姉妹の格差と複雑な感情……。そういった出来事の裏にあるそれぞれのキャラの心情を表現することを重視してきました。

また、食の部分も、単に食べ物が美味しいというだけでなく、食べることは生きること、命をいただくことなのだという思いを込めて書きました。

皆様にそういった部分を感じ取っていただけたのなら、作者として本当にうれしい限りです。

「この作者の小説は何度も読み返したくなる」と言われるようになることが目標ですので、今後も執筆活動を続けていきたいと思います。

最後になりましたが、この本を刊行するにあたってご助力いただきました方々、また、この物語をお読みくださった皆様に、心より御礼申し上げます。

本書に対するご意見、ご感想をお寄せください。

あて先

〒162-8540 東京都新宿区東五軒町3-28
双葉社　Mノベルスｆ編集部
「星名こころ先生」係／「鈴ノ助先生」係
もしくは monster@futabasha.co.jp まで

Mf ノベルス

ポジティブ令《れい》嬢《じょう》フローラの契《けい》約《やく》結《けっ》婚《こん》②

2023年1月10日　第1刷発行

著　者　星《ほし》名《な》こころ

発行者　島野浩二

発行所　株式会社双葉社
〒162-8540　東京都新宿区東五軒町3番28号
［電話］03-5261-4818（営業）　03-5261-4851（編集）
http://www.futabasha.co.jp/（双葉社の書籍・コミック・ムックが買えます）

印刷・製本所　三晃印刷株式会社

［電話］03-5261-4822（製作部）
ISBN 978-4-575-24593-6 C0093　